飛小說。
We Love
Easyfly.

七爺座下01

他的帥氣娘子

She l★oks so hands★me.

秦守七

本名「秦肖」，秦家唯一的女孩，因母親早逝，且父親曾為草寇，所以從小被當成男孩養。她個性直爽、好勝心強，有些痞性，十六歲時偷偷上過戰場，後開鏢局和學府，江湖朋友一堆，迷妹也不少，人稱「七爺」。對韓初見莫名感興趣，覺得他很與眾（男人）不同。

韓初見

大宗國二皇子，是個頭腦聰明的美男子，喜歡不按常理出牌，且性格倔強。十四歲時離宮出走被秦守七非禮，從此「芳心暗許」，卻掙扎著男人（自己）與男人（七爺？）該如何在一起。他為了配得上秦守七而勤奮努力，是京城許多家店鋪的幕後老闆。

祝羲

冷傲的大將軍，秦守七征戰沙場的戰友。從小被父親壓制的他，在秦守七身上看到了自己渴望的肆意和放縱，雖然喜歡秦守七，但男性的驕傲讓他不肯開口，後來娶了另一個女子為妻，妻子早逝後更堅定秦守七才是適合他的那個人。

宋清歌

威震鏢局的大掌櫃，有一雙惑人的丹鳳眼，算得一手好帳，會看貨，估價也十拿九穩，最重要的是消息精通，可謂是眼觀六路耳聽八方，常拿一把風騷的金扇子，是秦守七、韓初見感情路上的助攻。

蘇妙

韓初見的隨從兼狗頭軍師，在拿下秦守七這件事上是韓初見唯一的盟友。

目錄★

第一章 生女就當七爺養

不知哪一年開始，大宗國坊間的牆壁上被朱墨寫上了各式各樣的宣傳標語。

比如：

少生孩子多種樹。

優生優育只生一胎。

要想致富，先修路；要想發家，多養豬。

生兒生女都一樣！

……等等之類的。

其中「生兒生女都一樣」，被大宗國百姓嗤之以鼻。

笑話！自古以來男尊女卑，嫁出去的女兒有如潑出去的水，怎麼算都是個賠錢貨，怎能一樣？

後來，「生兒生女都一樣」的宣傳標語被加上了一句……

生兒生女都一樣，生女就當七爺養！

大宗國百姓恍然大悟，五體投地，大呼：「信七爺得永生！」

一時間「七爺風潮」席捲而來，大宗國女子空前絕後的霸氣外漏！

這到底是怎麼回事！七爺是誰？

這話說起來可就源遠流長了……

有一人，不論朝堂之上的重臣，還是江湖之中的豪傑，人人皆尊稱一聲——七爺！

此人姓秦，名肖，字守七，為鎮北公秦琅生的第七子。

秦守七之父秦琅生本就是一個傳奇。秦琅生原為一方草寇，後成江北一霸，再後來竟被封為鎮北公。

七年前，北狄入侵邊境，燒殺搶掠，連續攻破瓊、交、嶼三州，大宗大軍損兵四萬只餘一萬，繼而被逼入行山，行山地勢繁複險要，難守亦難攻，大軍陷入兩難之境。就在此時，秦琅生帶手下千餘人前來助陣，以熟悉山勢之優勢助大宗大軍守住行山突出重圍，一舉奪回嶼州，立下大功。

聖上得捷報大喜，封秦琅生平狄將軍，加派三萬人軍，命其助大將軍祝之和奪回瓊、交二州。秦琅生能從草寇成為一方霸主也是個有勇有謀之人，他只用月餘又助大軍奪回交州，聖上再封鎮北將軍。

秦琅生一路勇猛直前奪回瓊州，又破均州失地，殺敵萬人，擄敵四千，斬北狄將首，其長子秦守一、其三子秦守三、其五了秦守五皆為國捐軀。

當今聖上本就是個不拘一格、善用人才的帝王，並不惱其曾為草寇，北狄平定以後，封秦琅生鎮北公駐守江北，賞賜千金，賜府邸，賜丹書鐵卷，一時間秦家榮寵至極。

攻破均州之時，秦守七僅二八年華，助父斬北狄名將塔爾，只因當時秦琅生威名大震，相較之下，秦守七只是聲噪一時，並未被人口口相傳，並且聖上封其鎮狄將軍之時，秦琅生替子拒賞，秦守七便就此埋沒。

但是數年後，大宗國悄聲無息之間出現了一個「威震鏢局」。據傳言，此鏢局的主人不僅與朝廷關係密切，更與江湖各路豪傑相交好，因此威震鏢局崛起之速度讓人嘆為觀止，可謂是頃刻間就成了無人可以相提並論的天下第一鏢局！

不僅如此，四年前，聖上興起民營學府之時，威震鏢局第一個響應號召，開起了「威震學府」授人武藝。如今，無論是皇宮內衛還是豪門護院，多半出自威震學府，威震學子遍布天下。

若說民營學府的目的，這又是一段傳奇。

大宗國自二十多年前恒帝繼位以來，奇事不斷。先是恒帝廣納天下奇才，不限性別、不限年歲、不限出身，凡有志者、有才能者皆可上京一試，若被恒帝看中即可入朝為官，從此一步登天。

猶記得那一年，上京極為熱鬧，各處能人異士奔赴皇城，不少人從此搖身一變從草芥變為朝廷重臣，變為大宗百姓口口相傳的奇人。

雖然大宗國內政因此事引起極大的動盪，險些朝綱大亂，但恒帝不愧為曠世奇帝，僅用兩年時間使動盪平息，朝綱重回正軌，使大宗國迎來了新的時代。

而後陸陸續續的改變，最為震撼的就是廢除科舉制度。

科舉制度廢除後，恒帝開創了九年制自主教育。

全國各處鋪設九年制學府，學生自主入學，不分性別、年齡，九年制教育過後，可入朝廷分設的多個高等學府，高等學府實施「寬進嚴出」的政策，學生自主選擇專業，結業後能力優異者可入朝廷為官，也可在朝廷資助下自主創業。與此同時，朝廷鼓勵商賈承辦以培訓專業型人才為主的民營高等學府。

但是敢於第一個吃螃蟹的商賈自是不多，若不是威震鏢局開了先河，此時的民營學府恐怕不會如現在一般一派升平。

彼時，人人都想一探威震鏢局主子的真身；之後，終不負眾望，被人爆出，原來威震鏢局的主子就是那傳奇人物鎮北公的第七子——秦守七！

這個消息夠勁爆嗎？

早已被曠世奇帝恒帝雷得裡焦外嫩的大宗國百姓表示不夠勁爆！

稍微有點腦子的人都能猜出，威震鏢局若不是有朝廷的人做靠山，怎能以如此破空之勢迅速崛起，這個根本就不算新聞嘛！

於是，近日巨大天雷乍起，舉國譁然，即使是擁有一顆剽悍小心臟的大宗國百姓們也表示——我被雷到了！

什麼？

秦守七，七爺其實是個娘兒們！

此雷一出，大宗國大老爺們的心都顫了，大宗國待字閨中的小姑娘夢都碎了。

還是大宗國年長的老者夠淡定，一捋花白長鬚嘆了一聲：「大宗國這是要變天了啊！」

您老真相了！

其實自多年以前，恒帝就下了一道聖旨：「大宗國女子從此可與男子平起平坐。」

但男尊女卑的觀念豈是一張聖旨就可以顛覆的，更不是帝王施壓就可以解決的，強制扭轉那些由男尊女卑形成的成規，只可能適得其反，造成天下大亂！

因此，恒帝下旨以後雖未見成效，但是也沒有大肆施壓強制改變，煞有幾分任其自流的感覺。

而七爺的橫空出世，才讓眾人驚覺這個世道真的變了！

因此才出現了「生兒生女都一樣，生女就當七爺養！」這句話，更形成了「信七爺得永生！」這句口號……

京城的街頭巷尾熱議七爺，相關七爺的小道消息不脛而走，其中熱門指數最高的是……某大街，吆喝買賣的小哥一聲尖叫，那聲音比平時吆喝買賣都高了幾度：「什麼！七爺要比武招親啦！」

於是消息就如回音牆一般擴散開來，到處都是——

七爺要比武招親啦！

七爺要比武招親啦！啦！

七爺要比武招親啦！啦！啦！

※◎※　※◎※　※◎※

碧水環繞間，就是秦府修葺最為精美的碧雲閣，此時裡面劈里啪啦磅噹作響，守在閣外的下人們嚇得大氣都不敢出一個。

「匡！」

又是一聲玉器摔碎的聲音，緊接著一聲帶著痛惜之情的吼叫從緊閉的門內傳來——

「爹！那可是八百兩銀子的清水芙蓉玉雕啊！這大宗國都難找出第二個！」

那叫聲之大都能引起混響的效果了，足以證明此人此時確實痛惜得肉疼！

只是話音剛落，就見雕刻精美的木門又隨著「砰」的一聲巨響轟然倒塌，碎得七零八落，升騰起一團白塵。

那團白塵之中，一玄色身影伴著尖叫破塵而出，身姿矯健，轉瞬間就過了閣前足有三十尺長的石橋。

隨之，一名身高體壯的中年男子一身錦袍，手持……手持鞋拔子？！出現在門前。

那剛毅粗獷的面容此時怒髮衝冠，其吼聲中氣十足：「小兔崽子！別說那個什麼清水芙蓉，就妳這碧雲閣我也能砸了！那種大逆不道的話妳也說得出來？妳就是想氣死老子！妳今年要是不把自己嫁出去，老子就打死妳這個孽障！」

此人正是秦守七之父，傳說中虎虎生威的傳奇人物鎮北公——秦琅生是也。

那個被稱為小兔崽子的玄衣人就是當今街頭巷尾最為熱議的七爺本人——秦守七。

秦守七攀至樹上，回身哀怨喊道：「爹！我都說了讓您老等一等，您怎麼就這麼急呢？我不是不想嫁，只是此時嫁人時機未到啊！」

秦老爺三步兩步走到樹下，狠踹一腳，震得樹上的秦守七抖了三抖。

「呸！小兔崽子，什麼時機沒到！妳這七、八年來哄老子的次數還少嗎！前些年讓妳嫁人，妳說妳在江北名聲太臭，沒有男人敢娶妳，老子就准妳去了興城，結果妳去興城幹了些什麼？開了個鏢局不說，還到處稱兄道弟和閒七雜八的男人鬼混在一起，把妳這丟人的性子搞得人盡皆知！老子差點被妳氣死！」

「前年老子沒辦法了，大老遠的進京求聖上替妳指門婚事，妳還敢聯合那個二皇子擺了老子一道！搞什麼自由戀愛？！如今呢！妳那自由戀愛呢！連個屁的影子都沒給老子看到！老子再信妳就是王八養的！」

秦守七見父親氣勢洶洶，不掀她一層皮絕不甘休的樣子，她又往上爬了一點，欲哭無淚道：「爹！您氣急了也別罵自己啊！我嫁！我嫁還不成嗎！」

秦老爺一扠腰，繼續唾沫橫飛，比先前的氣勢更烈，一副得理不饒人的樣子，「成！那妳得給我做出個樣子來！這比武招親一定要辦！老子就不信天下之大找不出個男人治妳這個小兔崽子！」

秦守七聞言輕笑一聲：「爹，要我說，我名聲在那，您辦比武招親也沒用，恐怕沒有男人敢來。有哪個男人願意娶一個上過戰場又混過江湖，號稱比爺兒們還爺兒們的女人？」

秦老爺一聽更急了，一抬手，鞋拔子準確無誤的敲在秦守七的腦袋上。

秦琅生草寇出身，蠻勁十足，那一出手的力道可想而知，秦守七當即痛得哀號一聲。

「妳還敢說！打死妳這個王八羔子！說妳像個爺兒們，妳還真把自己當爺兒們了！雖說妳娘去得早，妳上面有六個哥哥，我無奈之下只能把妳當兒子養，可後來妳大嫂進門，我讓妳跟著她學規矩，妳就開始三天兩頭的往外面跑，成天到晚像個野小子，越來越不像樣子！後來還敢偷偷上戰場！妳現在是不是忘了妳三哥是為了什麼而死的？妳以為妳殺了那個塔爾就是為他報仇了？我這輩子最後悔的就是生了妳這個不聽話的王八羔子！」

秦守七聽到這話，眉心一緊。三哥的死一直是她心頭之痛，若不是自己當初任意妄為，三哥也不會因此枉送性命。

當年不過二八年華的她，並沒有高超的武藝，只是空有一身蠻力，可她偏偏是個不安生的性子，偷偷隨父親、兄長上了戰場，戰場之上三哥發現了她，但又無可奈何，只能在她身邊掩護以護她周全。

那時，北狄名將塔爾偏偏和她三哥糾纏不休，三哥既要護她又要自守極為吃力，後來塔爾漸漸看出苗頭，轉而攻她——她成了三哥的弱點，三哥措手不及被他人射了一劍，當場摔下了馬。

秦守七當時就紅了眼睛，進攻的招式愈加急功近利，塔爾也漸漸發現秦守七不過是個空有蠻力的莽將，本不想戀戰，只欲幾招取她性命……

倒在血泊中的三哥即使徘徊在生死邊緣，也不忘那血親的妹妹，當即大喝一聲：「小七！」

秦守七頓時醒了神。塔爾此人本就自負，知道秦守七不過如此，便也一時輕敵，使的招術露出破綻，秦守七見機一劍刺入塔爾的喉嚨，當場取其性命！

只可惜，三哥因失血過多而亡，即使大羅神仙也無回天之力。

如今，若不是秦老爺氣急，是不會說出來的。

秦守七喃喃張口喚了一聲：「爹……」但卻又不知該繼續說些什麼。

看著在樹下說了幾句話就有些氣喘的父親，秦守七心中一緊，父親已年邁，體質大不如當初，前面還剩的三個兄長都已成家立業，唯有她這個七女兒還毫無著落，是父親心中的一個結。

她知道父親因為從小把她當男兒養而造成了現在這個性子悔不當初，但她從來不覺得自己的性子不好，嫁不嫁人都無所謂，只是父親一直在責怪自己。

男兒頂天立地戰死沙場雖死猶榮，三個兄長的死也並未讓父親痛心疾首。而她這個最小的，也是唯一的女兒，父親卻當心頭肉來疼，雖然經常對她小打小罵，但從未下狠手，而她也知道父親這樣是為了她好。

是他的縱容養出了她現在的性子，他悔不當初卻無能為力，無計可施唯有責罵……這個闖蕩江湖柔韌有餘的男人，很想做個好父親，卻不懂怎樣做個好父親。

他一生坎坷，年幼之時便沒有父親，他亦不知父親該是什麼樣子的。

父女之間一時寂寂無語，皆若有所思。

這時，顫顫巍巍的聲音傳來：「七……七爺……二皇子派人來邀您一聚……」

秦守七還沒反應，秦老爺則先反應過來了，頓時怒髮衝冠撿起地上的鞋拔子一把扔在傳話小廝的臉上，怒道：「去你奶奶個球的七爺！」

秦守七見父親又開始發作，趁其不注意從樹上一躍而下，拔腿就跑，邊跑邊說：「爹！就算您再怎麼不待見二皇子，人家好歹是皇家的，兒子推辭不得，咱們爺倆回頭再議！」

秦守七身後是父親中氣十足的吼叫：「秦肖！妳再自稱兒子老子就先扒了妳那層假臉皮昭告天下！」

已經跑遠的秦守七下意識抬手摸摸自己的臉，這張俊俏的假面下有秦守七的真實面容，也是她心頭又一畢生之痛……

※◎※　※◎※　※◎※

萬里山河錦繡屏風在碩大的戲樓中劃出了一片天地，成了唯一一處隔間。一方檀木桌，兩把雕花椅，桌上鏤空的香爐散發出裊裊清香。秦守七正百無聊賴的坐在裡面，手指有一下沒一下的敲著桌子。

此時，一人端著茶水撩起珠簾走入隔間，那人邊說話邊放下托盤。

「七爺，這可是主子特意為您留的位置，這劇院開了大半年都沒讓人進這隔間裡來，就等著您今兒個來看戲了。」

那人眉眼帶笑，雙手端起紫砂壺，微傾身子斟上一杯茶水，清醇的茶香瞬間隨著白氣蒸騰出來，單單聞味就是一壺好茶。

秦守七轉頭看了一眼，是蘇妙，二皇子身邊的紅人。從秦守七認識二皇子的第一天起，蘇妙就在，對於此人秦守七不算陌生了。

秦守七沒再看蘇妙，敷衍似的點了點頭，執起茶杯喝了一口。茶水是溫的，剛好可入口，味道微苦不澀，恰到好處。她一向不喜喝茶，也不懂品茶，只覺得這茶十分爽口，倒還是對胃口，便又喝了一口。

蘇妙見狀笑意更深了些，揚聲問道：「七爺，這茶如何？」

秦守七狀似隨口說了句：「不錯。」然後隨意的把茶杯放在桌上就環顧起戲樓來，顯然對茶沒什麼興趣。

這戲樓呈環形，分上下兩層，座位都是以依次遞高的方式環形排列的，最底端就是戲臺，建得很是獨特。秦守七想了想二皇子為人，也就不覺得把戲樓建成這樣是有多麼新奇的事了。

蘇妙看著秦守七的舉動暗自發笑，透著幾分了然。秦守七一向不同尋常女子那般心細如針，自家主子的良苦用心恐怕這人半點都沒發覺出來，虧得主子親自嚐了百種茶，就為了替眼前這人找個合口味的呢！

蘇妙想著又搖了搖頭。算了，即使是有所察覺，估計這人也只會想到主子是不是又想出什麼麻煩事來折騰她了。

「蘇妙，這戲樓叫什麼名字來著？」

蘇妙正神遊天外，被秦守七略顯低沉的聲音喚了回來。

他笑了笑回道：「七爺，首先這是『劇院』，不是戲樓，您可不能說錯了，否則主子該不樂意了！再者，方才在大門口我還望見您盯著牌匾看了老半天來著，怎麼這會兒就把名字忘了？主子替這劇院取的名字叫『入戲』，這名如何？」

秦守七聞言眉頭皺了起來，有幾分意想不到的感覺，「原來那兩個字是入戲？蘇妙，外面牌匾上的字是二公子寫的吧？」

出門在外，秦守七都是稱二皇子為二公子的。

「是啊，主子寫了好多遍才找工匠師傅做的，怎麼了？」

秦守七聞言有點啞然失笑，她就知道！

「沒事，那字寫得龍飛鳳舞，我瞧著眼熟就多看了幾眼，看了半天也沒看出寫的是什麼。不過，既然是二公子寫的，我就明白了。」

蘇妙聞言也想笑了，想起自家主子寫這字時說的那幾句話和那洋洋得意的樣子。主子當時是這麼說的：「蘇妙，你猜我家七郎看到我寫的這字，會不會誇我長進了？顯了她的幾分真傳！」

如此看來，他還是奉勸自家主子不要問七爺的評價了，不然非得碎了一地玻璃心！他家主子從裡到外都是個奇葩，那字當是如人，怎麼學也學不出秦守七筆下的硬氣來！

他還記得主子第一次見到秦守七的字是在那本拒封的摺子上，秦守七的字蒼勁有力又灑脫，透著男子的硬氣和英氣，主子當時就大呼了一聲：「純爺兒們！真漢子！同樣潦草的字，這傢伙怎麼寫得這麼帥！」

他當時哭笑不得，心裡直吶喊：主子那哪是潦草啊！那是灑脫好不好！

於是，他家主子當即快馬加鞭奔去了江北，見了秦守七真人，而後威逼利誘才讓秦守七教他寫字，如今寫字的姿勢倒是挺像，可寫出來的字還是南轅北轍！

這時，戲臺上敲鑼打鼓，戲要開場了，秦守七和蘇妙都回了神。

一粉衣女子娉娉婷婷伴著鼓點上臺，邁著蓮步步至戲臺中央，緩緩打開一道橫幅，上面寫有六個大字：我的野蠻娘子！

頓時，臺下掌聲如雷鳴般響起，粉衣女子退到臺下，伴著掌聲的餘韻，演戲者上臺。是一個將軍打扮的人，他身披鎧甲舞刀弄槍，拚殺滅敵，戲臺上一片刀光劍影。

臺下觀眾隨著臺上的劇情時不時發出驚呼，每當將軍要被刺中之際，還有人大呼：「將軍小心！」可見臺下觀眾的一顆心都被那跌宕起伏的拚殺劇情吸引了進去。

樓上的秦守七蹙著眉頭，搖了搖頭，這也就是演戲，真正的戰場上哪容得下這種一來二去的虛晃交鋒，一時疏忽就會被　招致命，這衝出去的刀快得讓人都躲閃不及，哪還有差點被刺中又擋出去的情況出現？若是真把這些上京的達官貴人抓到戰場上去看一看，恐怕要嚇尿了褲子！

秦守七漸漸沒了看的興趣，蘇妙一直觀察著秦守七的反應，適時說道：「七爺，這才剛剛開始呢～」

秦守七看了蘇妙一眼，蘇妙笑意深深。

她皺了皺眉頭繼續向戲臺看去，心裡卻想著這二皇子又在搞什麼名堂？叫她來用意為何？戲都開始了還不現身？

戲臺上的戲還在繼續。

這時，臺下又一陣驚呼，秦守七才真正把注意力轉移到了戲臺上。原來戲臺上的將軍已經殲滅了敵人，單手脫下了頭盔，那頭盔下精緻的妝容頓時曝露在眾人眼前，那眉眼無論怎麼看都是個……真女子！

原來將軍是女人！

秦守七此時的表情十分微妙……

將軍被勝利籠罩下激動萬分的士兵們擁護著撤到了後臺，臺上同時落下了布幕，要進入下一個場景了。

此時，有些昏暗的戲臺上響起突兀的男聲：「聖上有旨，大將軍殺敵有功，封爵位，賜婚景博侯。」

又一聲女聲回道：「臣接旨。」

布幕再次拉開，是街頭萬象，人人談論大將軍的婚事，皆是不看好的、等著看笑話之人，景博侯一介文臣要娶一個武將娘子，這侯爺府以後肯定熱鬧了！

女將軍十里紅妝嫁入侯府，風風光光。之後的都是夫妻相處的場景，將軍娘子只論輸贏不講道理，侯爺相公只講道理不比輸贏，兩人在一起鬧出了不少啼笑皆非的笑話。

娘子愛逞強，相公好忍讓；娘子在前面闖禍，相公在後面收拾爛攤子。看似侯爺毫無男子威嚴，實則能容能忍才是真英雄，最終贏得剽悍娘子小鳥依人。

原本罵侯爺毫無男子威嚴的觀眾也開始倒戈誇侯爺真男人！尤其臺下的女子們，此起彼伏的大呼要嫁侯爺。

秦守七這才發現，臺下大多是女子，正是適婚年齡的閨閣小姐居多。她不禁感嘆，上京果然比較不同一般，有這麼多未出閣的小姐在這裡拋頭露面看戲？

「『入戲』演的大都是些類似的愛情故事，看的也都是些小姐、夫人居多。起初看戲的人不太多，後來三公主來了，對『入戲』的故事讚不絕口，拉了許多達官貴人的千金來看，一時間故事在諸位小姐閨閣間傳得很廣，都慕名來看，一開始還女扮男裝遮遮掩掩，後來看的人多了，大家也就放開了，才會變成如今這樣。」

蘇妙的話適時為秦守七解了疑惑，只是秦守七眉頭皺得更緊了，總有種又要被二皇子算計了的感覺。

秦守七整了整衣衫站起身，說：「蘇妙，戲也看完了，二皇子既然還不來，恕我就不繼續等了。我才剛在上京落腳，還有許多事情要打理，二皇子來了，你就和他說一聲，我先告退了。」

眼見秦守七就要撩了簾子出去，蘇妙趕忙攔住：「七爺！等一下！」

就在此時，整個劇院突然暗了下來，這裡本來就沒有多少門窗，全靠燈燭照明，燈燭滅掉後四周一片昏暗，連近處的人臉都看不真切，樓下的人早就亂作一團。

不知有誰叫了一聲，秦守七回身看去，戲臺上竟出現了耀眼的白光，那白光之下就是身姿頎長挺拔的女將軍，秦守七甚至能清楚看到女將軍那雙被妝容顯襯得十分嫵媚的雙眼正直勾勾的盯著自己。

忽然，一襲紅衣的她飛身而起伴著眾人忽高忽低的驚呼聲向秦守七飄來，衣襬飄揚翻飛，整個人如同風中怒放的紅牡丹，讓見過不少世面的秦守七都呆愣了……

可惜，這天女下凡般的美景沒有堅持多久，空中的人突兀的抖了一下停住了，那優美的動作再難保持。

女將軍滿臉的驚慌失措扭曲了原本精緻的妝容，她吊在半空中，雙手雙腳胡亂舞動，看起來十分滑稽。

突兀的男聲尖銳響起：「七郎！救我！」

那聲音的源頭竟然是被吊在半空中的女將軍？

雖然這男聲因為驚慌失措而有些變調，但是一直熟諳於記人容貌和聲音的秦守七還是能分辨出這聲音的主人是……二皇子？

說時遲，那時快，一聲繩索綳斷的聲音響起！

秦守七已經在聽出聲音的同時飛身而出，恰好接住了急速掉落的女將軍……哦，不，現在應該說是二皇子！還有那白光的散發物——一顆碩大的夜明珠！

紅與黑在半空中交織，伴著幽幽的白光落在戲臺之上。此景落在圍觀群眾的眼中簡直像是又看了一齣好戲！

不知誰大喊了一聲：「天啊！這不是前幾日《英雄救美》的劇情嗎？」

於是，劇院裡頓時如炸開了鍋一般，議論聲不絕於耳！從宮廷密愛到兄妹禁戀，把戲臺上的兩個人從裡到外意淫了一遍。

事實證明，女人的意淫能力從古至今都是所向無敵的！

戲臺上，兩個人還以相擁的姿勢四目相對著，秦守七一手攬著二皇子的腰，一手托著夜明珠，二皇子一雙手緊緊攬著秦守七的脖子。

秦守七額角跳了跳，怎麼感覺手下二皇子的纖纖細腰有說不出的彆扭……

她手指才動了一下，就聽到雙目波光粼粼的二皇子說道：「七郎……束腰……緊得我喘不過氣來……」

語畢，二皇子脖子一歪，暈在了秦守七懷裡……

第二章
英雄救美，美人在懷

被人圍觀一向不是秦守七的愛好，更何況一群如狼似虎的女子此時正大叫著：「人工呼吸！」

人工呼吸是什麼玩意？

秦守七走過大江南北都沒聽過這個詞，但是這不能怪她，這是更前一些日子在劇院上演的《以身相許》的劇情。

自《以身相許》在姑娘、小姐的圈子裡傳開之後，上京的那條護城河女子落水率直線飆升，守河的護衛為此不堪重負，日夜監守巡邏，仍舊防不勝防。

後來呢？

後來西街孫家漂亮的二小姐因為被東街賣豬肉的黑胖宋三救了，所以以身相許了。從此，上京姑娘的夢都碎了，事實證明以身相許不一定會許配給故事裡那種「此男只應天上有，人間能得幾回聞」的美男子。

此事從此還成就了上京的一句名言——落水須謹慎，嫁人有風險！

秦守七緊蹙眉頭，受不了周圍這一群女人聒噪的聲音，她摟緊二皇子的腰單手一提，便將二皇子扛在肩上，二皇子胸前的隆起蹭過秦守七肩部的時候，秦守七不可抑制的抖了一下，眉頭皺得更緊了。

臺下的女人們因為秦守七這一純爺兒們的動作發出一陣尖叫，秦守七徹底受不了了，扛著二皇子邁開步子就匆匆走向後臺。

※◎※　※◎※　※◎※

秦守七是個真女人，所以她長得並不威武雄壯，只是比一般女子高出一些，身姿也更挺拔一些。但是她有強人一等的怪力，所以扛起比自己還略高一些的二皇子毫不吃力。據說，是因為她小時候被天雷劈過才多了這項異能的……

三步併作兩步，秦守七快速的離開了喧鬧之地，將二皇子扛到一處寂靜的地方，找了一個靠牆的木箱子將昏迷的二皇子安置在上面。

秦守七看著二皇子身上那件女裝繁複的結釦就皺起了眉頭，索性手一伸，毫不憐惜的撕開了繡工精美的紅衣。

瞬間兩個白麵饅頭從二皇子的胸前滾落下來，一直滾到秦守七腳邊。秦守七略略驚異，彎腰撿起白麵饅頭拿在手裡捏了捏，眉尾一挑，勾起一抹邪笑，說道：「沒想到二公子的眼光不過如此，女子的胸用這麼小的饅頭就足以了？」

原本挺屍的二皇子韓初見突然發出一陣猛咳，睜開了眼睛，忍不住醒了過來：「要那麼大的胸做什麼？」

「做什麼？女子的胸若是都這麼小，那和男人又有什麼區別？」秦守七說著又捏了捏饅頭，狀似頗有體會的說道：「女人嘛，還是胸大點的手感比較好。」

韓初見聞言，覺得自己有點被雷住了！雖然他深知秦守七的品行，但是每一次都難免會被秦守七霸氣的言語搞得以為她真的是個男人。

韓初見搖了搖頭。不行！他不能忘了自己的目的！

可就因為他一搖頭的動作，腹部的緊勒感又湧上來了，他不禁在心中低呼一聲：幹！扮個女人太難了！老子自這次以後再也不扮了！

韓初見低頭看看被秦守七撕得慘不忍睹的衣服，不禁肉疼。混女人！就是學不會勤儉持家，繡工如此精美的衣服她也能下得了手！簡直沒心沒肺！他韓初見雖貴為皇子，可卻一向視財如命，丟了個銅板都要肉疼三個時辰呢！

韓初見抬頭，看看對面抱胸看著自己坦蕩得透澈淋漓的混女人，不禁覺得自己果然身兼重任。

韓初見三下兩下扒了自己殘餘的上衣，身子一扭，撩起披散著的髮絲，將自己半裸的後背露給秦守七，嚷嚷道：「七郎～七郎～快點幫人家解了後面的結～」

秦守七看著眼前的景象，眼眸深深，剛才在她手下盈盈一握的纖纖細腰，原來是被層層的布料勒著的。

韓初見的膚色很白，袒露出的肌膚在夜明珠的映照下更是散發著瑩白的光澤，那優美的脖頸弧線讓秦守七有些心猿意馬。

她一向喜歡看膚白如雪的美人，若是脖頸和鎖骨線條優美的美人，在她心中更是尤物的級別，一時半會是絕對移不開視線的！看看眼前這個二皇子，頗有些不輸於之前在徐州看到的名妓蘇白雪。

「七郎！妳在做什麼？還不快些！」韓初見挽著頭髮的手臂有點累，鬆了手，微微回頭催促秦守七。

頓時，那髮絲與肌膚相襯的分明美感又讓秦守七眼眸深了幾分。她伸手解開韓初見背後的結，布條一圈又一圈鬆開，布條下被勒得泛紅的肌膚漸漸袒露了出來。

布料越是少，韓初見越是能感受到秦守七手掌裡散發出的溫度，他微回身看到秦守七近在咫尺的俊臉，那盯著他背脊的眼眸異常專注，讓他不禁勾起一抹得逞的笑容，說道：「七郎，妳此時是否有種血脈賁張、心亂如麻，恨不得化為禽獸的衝動？沒關係的～大家都是成年人了～」

秦守七聞言手指顫了顫，沉寂了一會兒，噗嗤一聲笑了出來：「二皇子方才被布條綁著腰，抱起來確實有幾分女子的意思，不過此時拆了這布條，摸起來就硬邦邦的，還真不及女子手感好。」

秦守七的手指在韓初見的腰腹上游移，時輕時重摸著那些被勒出的痕跡，面上平靜無波，心中卻有些驚異手下滑嫩的質感，二皇子與她曾經見過的男子似乎大不相同。

韓初見身子抖了抖，為了能養出如今這白皙嫩滑的肌膚，他可是費了不少功夫，所以身子有些敏感，秦守七手上每個繭子的位置他現在都能清楚的感覺到，這無疑是一種刺激。

他以回身的動作避開秦守七的手，笑道：「七郎，妳還真以為自己是男子嗎？妳認為女子酥胸細腰極為的美，但男子若剛柔並濟絕不輸於女子！妳真的不會心動嗎？」

韓初見說完起身站在木箱之上，上身優美的線條一覽無遺。

秦守七從小到大見過的男人上身數不勝數，卻沒有一個如眼前這樣的，他的身體並不像女子，他有寬闊的肩膀，腰雖不粗但也不細，和肩寬配起來極為和諧好看，緊實不突兀的肌肉紋理尤為賞心悅目。和她記憶裡那些或是腰肥體胖、或是滿身突兀肌肉、或是胸毛腿毛骯髒油黑的男人不一樣。

秦守七心中有絲異動，似是因為有這樣的發現而感到新奇，又或者是別的。

「二皇子貴為皇子，將自己與女子相提並論，又男扮女裝，不覺得太過荒唐，有失皇家風範嗎？」

她話說得有幾分嚴肅，但是說話的同時脫下了自己身上的外衣，揚手間蓋在了韓初見的身上。

被帶著餘溫的外衣罩住，瞬間有清新的味道襲來，仔細聞聞，沒有半分女子的胭脂味，秦守七果然無時無刻都把自己當男人！

韓初見披上外衣，居高臨下的看著秦守七。

「七郎，妳不懂。最近上京開了間藝術學府，我男扮女裝演戲這叫做反串，這是種藝術。我知道妳一直把演戲看作不入流的行當，但它恰恰也是世間百態最真實的寫照。人間百態，世事無常，這場戲總要有人來演，不是妳便是我。」

話到此，似乎意有所指，說這話的二皇子不是她記憶裡的吊兒郎當，秦守七抿著脣不置一詞。

韓初見看她絲毫沒有動容的表情，跳下木箱環繞在她四周走動，「我知道妳從小到大與各式男子朝夕相對，比平常女子灑脫是必然的，但是妳後來為行走江湖，隱瞞女子身分將男人這場戲演得入木三分，這何嘗不是一種反串？妳在自己的人生裡反串，我為何不能在戲裡反串？」

秦守七聞言一愣。回想自己的前路，比起二皇子，自己不是更加的驚世駭俗？她這樣驚世駭俗的人確實沒有資格去說別人驚世駭俗。從不覺得自己身為女子有什麼錯，但屢屢被異色的眼光看待，還不如徹徹底底扮男人來得方便，她是這麼想的，也不覺得有什麼錯。

韓初見雖輕但顯得很有力度的聲音又一次傳來：「戲終究會散場，我還是二皇子，不是戲裡的女將軍，而妳是七爺抑或是秦守七？演戲終究不能太入戲，七郎，妳覺得呢？」

秦守七心中有些不舒服，如今她已經被世人知道了身分，就像戲演到了尾聲，有些放鬆又有些不安。

放鬆的是不用再為自己的身分遮遮掩掩、步步驚心，不安的是那些因為自己真實身分曝露而引起的軒然大波，畢竟女人這個身分她從未扮演過。

正因如此，爹才急著把她嫁出去，讓她避開波瀾。

可是她不甘！為什麼女子只能以嫁人的方式才能尋到那份平和？天大地大卻容不下一個頂天立地的女兒家？

韓初見感受到她身上散發出的戾氣，不躲反而向前湊了湊，「七郎？不要這麼暴躁嘛～其實我覺得嫁人也不錯，妳可以找一個理解妳、支持妳，能夠助妳成就一番大業的人。不過我覺得鎮北公那個比武招親的主意實在是太俗了，我個人是表示非常不支持的！還是自由戀愛比較實在。一年不見妳，有什麼合適的人選了嗎？」

韓初見雙手抵在下頷，眨著好奇的眼睛，動作就好似搖著尾巴的小獸一般又向秦守七靠了靠。

秦守七被他的模樣一逗，本來有些煩躁的心情靜了下來，退了一步，抓起夜明珠橫在了二人之間，說：「二皇子，我們還是先談談這顆夜明珠的問題吧。如果我沒看錯的話，這是前朝藩國進貢的夜明珠吧？二皇子真是越來越荒唐了，你不是自稱平生最愛財了嗎？怎麼把如此貴重的寶物拿出來糟蹋？」

一看她轉移了話題，韓初見立刻沒了好心情。

——秦守七！妳就是個既別具一格又迂腐不堪的混女人！

他向後一靠，坐在木箱上蹺起二郎腿，抬起一隻手，邊說邊比劃：「七郎！這話妳就說錯了！什麼叫荒唐？什麼叫糟蹋？本皇子雖愛財但不盲愛！好東西要拿出來分享，與其見它在角落裡蒙塵，還不如拿出來發揮它的作用，這叫物盡其用！懂否？」

秦守七聞言不禁對眼前的這個財迷刮目相看，不愧為聖上之子，在用人用物這方面還是繼承了一些衣缽。

她磨蹭著手中的夜明珠，輕笑道：「既然是物盡其用，也該好好珍惜，剛才若不是有我，這珠子豈不是碎成千片萬片了？」

韓初見縮了縮手甩出袖子，輕抽了一下秦守七的胸口，嗔怒道：「討厭！就想著這顆夜明珠，若是沒有妳，人家也要碎成千片萬片了呢～妳怎麼不說～」

秦守七不為所動，輕輕一笑：「二皇子，若是不做這麼危險的事，不就沒有機會碎成千片萬片了？」

「說來說去還不都是因為妳！誰當初說……」

韓初見話還沒有說完，就聽見外面傳來呼喊聲。

「七爺！七爺！」

秦守七一聽是自己的小廝，當即回道「我在這！」，讓韓初見連阻止的機會都沒有，那句「誰當初說我扮作女子一定很美的話來著」也吞下了肚子。

小廝聞聲走了進來，看到二皇子在，立即規規矩矩先行了個禮，才湊在秦守七耳邊一陣低語。

韓初見見狀，心想：成了！秦守七這混女人又找到機會落跑了！

果不其然，秦守七聽完小廝的話便說道：「二皇子，守七有要事要辦先行告退了。」說完了不等韓初見回應，她抬腿就走。

——喂！秦守七！雖然我韓初見不是什麼以身分壓人的人，但是妳說走就走也太不把我放在眼裡了啊喂！難道是我為人一向太好說話妳就不把我放在眼裡了啊喂！

韓初見正為自己掬一把辛酸淚，這時外面傳來蘇妙的聲音。

「主子！主子！」

韓初見整了整衣衫回道：「我在這裡。」

蘇妙走進後臺，就看到自家主子披著秦守七的外衣正從木箱子上下來，怪不得他方才看到秦守七策馬離開的樣子有些說不出的怪異呢，原來是沒穿外衣！

主子原本穿的那件紅裝被撕成了破布，散落了滿地，髮絲又有些凌亂，透過衣服的縫隙蘇妙能看出自己主子裡面不著片縷！蘇妙不禁開始腦補他沒看到的場景，紅衫美人被玄衣才俊壓倒在木箱之上，大手一揮，紅布漫天飛舞，然後天雷勾地火，非禮勿視！

雖然那畫面說不出的和諧，但又……說不出的怪異？

到底自家主子還是被壓的啊！蘇妙望天感嘆。

「蘇妙！你愣著做什麼？還不給我找件像樣的衣服來！」

韓初見不耐煩的聲音徹底把蘇妙從豐富的想像世界拉回了現實。

「好咧！」

蘇妙清脆的回了一聲，翻箱倒櫃找主子口中那件像樣的衣服。這時，蘇妙眼睛一亮，從木箱中拿出一套衣袍，興沖沖的雙手捧到主子面前。

韓初見隨手拿過那套衣袍，撐開一看就變了臉，當即將衣袍團成球扔在蘇妙臉上，「蘇妙！我讓你找件像樣的衣服，你居然給我找了一套女裝出來？你今天出門是沒帶眼球還是沒帶腦子？」

如今秦守七不在了，他穿女裝有個屁用！

蘇妙抱著那團衣袍很是委屈，自從聽說七爺要定居到上京來，主子就開始不正常，死活要親自演這齣戲，無論妝容還是戲服都要做到最好，這化妝的喬三娘和那已經被撕碎的紅衣可都是他蘇妙費了九牛二虎之力才找來的！

他以為主子相信他的眼光呢！他挑的這件荷粉的裙裝，絕對最襯主子此時狐狸精的氣質了！蘇妙好委屈！蘇妙好想咬手帕！

韓初見看著蘇妙一個五大三粗的男人抱著一團衣服擺出一副幽怨小娘子的樣子，忍不住的抖了一下。

他想了想，剛才自己那麼騷包的樣子，秦守七見了居然面不改色，這混女人果然不是正常人！

還是自己動手豐衣足食，韓初見果斷乾脆的不指望蘇妙了，找出一件男子的戲服先將就穿著，一會兒再去內院換衣服。

韓初見正繫著衣服帶子，就聽一旁蘇妙淫蕩的笑了笑，說道：「主子，剛才七爺對您做了什麼？是不是把持不住，對您餓狼撲虎了！我就說嘛！有我蘇妙出手，保證讓她對您欲罷不能！」

韓初見越聽越不對勁，怎麼感覺自己在蘇妙口裡都成了一個狐狸精了？當即他呸了一口：「呸！你把秦守七當什麼了！更重要的是你把你主子我當什麼了！」

蘇妙一聽韓初見自稱主子，就知道他真的有點動氣了，否則他是絕對不擺主子的架式。

當下蘇妙立刻陪笑道：「主子別氣～都是蘇妙不會說話，我以為主子您扮女人是為了勾引……」

「得了吧你！虧你還在我身邊跟了這麼久！我這不是勾引，是試探你懂不懂！別看秦守七表面上這麼不拘一格、超凡脫俗，其實就是個陳舊迂腐的傢伙！她不過是把自己當作真男人而已，她這人隱藏太深，從不曝露自己的喜好，我只是想探探她的喜好而已。探出喜好，才能對症下藥！」韓初見說著，眼中散發出熊熊的戰鬥火焰！

——秦守七！混女人！等著接招吧！

蘇妙一向狗腿得很，立刻見風使舵道：「主子出馬一個頂倆！七爺一定會被主子拿下的！」

韓初見聞言不喜反而平淡了下來，抖了抖衣袖，挑眉擺出智者的模樣，「天真！你以為秦守七這麼好搞啊！她秦守七可不是閨閣裡養大的小姑娘，她見過的男人比本皇子見過的女人都多！行走江湖，征戰沙場，如今又行商多年，見過的男人哪個會是池中之物？但卻沒有一個人能入得了她的眼，你覺得她好搞嗎？」

蘇妙覺得主子說得很有道理，贊同的點點頭，沒準兒七爺真的喜歡女人，前幾年不是和那個蘇白雪鬧緋聞來著？再看看自己主子，化上妝有幾分姿色，卸了妝那張臉就找不出半點女人味，難了……蘇妙不禁又搖了搖頭。

韓初見看蘇妙這副為他擔憂的樣子，不禁感嘆，蘇妙還是那個傻蘇妙，都不懂他主子說這麼多就是為了鋪墊下一句話！

韓初見裝腔作勢的咳了一聲，擺出一副英明神武、威武不屈的樣子說道：「所以，普天之下唯有獨一無二的本皇子才能與她相配！我才是她這一生擺脫不了的宿敵！命中注定的男主角！」

蘇妙聞言幡然醒悟，立刻大呼：「主子英明神武！」

他主子必須英明神武了，一句話就把全天下「非池中之物」的好男兒都比作了他的配角，他主子真是個名副其實的傲嬌！

韓初見終於滿意了蘇妙這副識時務的樣子，不錯，不愧是他韓初見調教出來的！

韓初見整了整衣服，一昂首，向後院走去。走了一半他突然想起了什麼，回身對蘇妙說道：「秦守七被什麼事叫走了？」

蘇妙嘿嘿一笑，回道：「我，看到七爺出來，立刻把小黑派去跟蹤了，估計馬上就有消息回來~」

韓初見聞言笑咪咪的豎起一根手指對蘇妙點了一下，讚賞的說了一句：「上道！」

於是，主僕二人心領神會的相視淫笑一聲！

※◎※　※◎※　※◎※

秦守七騎著黑色駿馬在大街上策馬奔騰，所到之處揚起一片塵土，她雖然面色平靜，但眉頭不自覺的微微皺著，顯示著她的壞心情。

小廝說了什麼？

很簡單，秦老爺聽說秦守七被不入流的二皇子叫去不入流的戲院看不入流的戲發火了，揚言秦守七不馬上回來就火燒碧雲閣。

理由很不入流，可信率很低，要是為這事發火不可能現在才派人來尋她，但是如果她不回去，她爹絕對說到辦到。不管真相是什麼，秦守七父命不可違。

秦守七此時十分後悔自己孝心太重，非要把府裡最好的碧雲閣騰出來給暴躁的老爹住，這回好了，碧雲閣就是老爹手中的質子，一個不爽就拿閣裡寶貝說事。她秦守七真的沒什麼癖好，就是喜歡收藏珍寶，還偏偏都放在碧雲閣裡。

秦守七剛進秦府就往碧雲閣走去，還未走多遠，一股凌厲的劍氣殺來！

秦守七一向覺得身上掛東西是件麻煩事，隨身絕不帶佩劍，只帶一把短刀，若是往日靴子裡的短刀早就飛出去一招致命了，但是能堂而皇之在她地盤撒野的人，一定是熟人，不可殺、不可傷。於是她閃身躲開，可那人不識時務，步步緊逼，招招凌厲，就好像她是他的殺父仇人一般。

秦守七是一身懶骨頭，經商以後更是能不舞刀動槍就不舞刀動槍，擅長的招數皆是幾招致命、速戰速決的類型。

她本想鬆鬆筋骨而已，可這人纏得要命，周旋來周旋去，秦守七就不耐煩了。她幾步踏上一旁的石桌，借力騰空而起，抽出靴子裡的短刀，刀把向外，拋射出去，直擊偷襲她之人的手腕。

秦守七從半空中穩穩落地之時，那人的劍也穩穩落地了。

再定睛一看，不遠處一個黑衣勁裝的少年長身玉立，身形雖有些消瘦，但是身姿挺拔，眉清目秀，一雙黑白分明的大眼睛此時正倔強不屈的看著她。

秦守七自覺自己的記憶力不錯，但是眼前這個有些眼熟卻怎麼也想不出是誰的少年，讓她有些犯難。

如此苦大仇深的模樣，難不成是自己年少時犯下的錯？

回想自己年少之時，不知分寸、荒唐不堪，犯的錯不少，若都要記得確實有點難了。

第二章
賄賂岳父從酒開始

秦守七年少的時候是什麼樣的人？

狂妄自大、目中無人、桀驁不馴……再多的類似詞語來形容她都不為過。這不能怪她，有個地頭蛇的老爹，又有六個護她無邊的哥哥，外加天生怪力，如果她不當個小地痞實在是天理不容。

秦家不會管教女兒，因此放任自流。學壞總比學好來得快，況且當爹的就是個草寇出身，當女兒的還能成為正義少俠？

在江北和秦守七稱兄道弟的人不少，但記恨她的也不在少數。而眼前這個又為哪般？

按理說，這麼細皮嫩肉的孩子，怎麼看也不像江北山水養出的漢子，若是上京官宦人家的兒子，秦守七還真是想不出會是誰，畢竟行走江湖許久，上京是她來得最少的地方。

秦守七這邊還想著眼前人的身分，秦老爺那邊姍姍來遲，一副氣急敗壞的樣子，走到秦守七面前直接脫了鞋就打了她腦袋一下，口中還叫嚷著：「秦肖！妳這個不知輕重的小崽子！祝二公子不過是和妳切磋一下，妳還敢出手傷人！」

秦守七虛閃了一下，挨的倒也不是很重，只不過一陣土塵迎面而來，讓她不可抑制的咳了幾聲。

受之前戲劇的影響，秦守七腦子裡蹦出六個大字：我的野蠻老爹……

她拍了拍頭上的土塵，微瞇眼睛向少年看去。

……祝二公子？

瞧她爹這副奉承的樣子，這祝二公子的爹在朝中地位必定比她爹高。姓祝的，有可能與她爹有交情的，那就是曾經的大將軍、現在的定國公祝之和了。

北狄剛平定下來的時候，祝之和在江北駐紮過一年，期間就住在秦家，後來接來了他的二兒子，就是眼前這個祝二公子祝允了。

想起記憶裡的祝允，再看看眼前這個祝允，秦守七有些詫異，最近一次見祝允是三年前的事了，那時的祝允還不及她肩頭高，如今卻已經比她高出半顆頭了，他目前也不過十七、八歲。

還記得在江北的時候，小祝允總喜歡追在她身後跑，崇拜的叫著：「師父。」

小祝允貪玩又執著，屬於越挫越勇的人，在江北那些日子總是纏著她，她那時因為戰事死了三個哥哥，情緒一直很暴躁，每日拚了命的練武想要滅了北狄，渾身散發著煞氣。

少年玩性似乎是被一場戰事磨平了，但年少那種滿腔抱負的血性開始湧動。年少輕狂難免都是些不理智的戾氣，長久下來絕非是件好事。

然而，有了祝允這個小活寶終日纏著，倒是讓她分了些心思，可能潛意識裡還湧動著些母性，見祝允天真可愛的磨著她學武，生了幾分愛憐，又或者是從小到大都是最小的，沒有像長輩一般教育過人而心生好奇，秦守七成了祝允的師父。

從莽撞少年一躍成為導師，秦守七就多了份責任感，她一向對事認真，既然答應了當人家的師父，就不能隨隨便便，還特意找了幾位年長者請教。從前的秦守七可是從來不會耐心聽教。

她一向悟性很好，有了幾位長者的指導和旁敲側擊，漸漸的，秦守七想事情時更加全面，本來暴躁的性子也平淡下來，除了滿腔的熱血，還有了足夠的理智，以至於她沒在那個年少狂躁的時候犯下無法彌補的錯誤。

所以，在秦守七的成長道路上，祝允也是至關重要的一筆。

憶起那個可愛的小祝允，秦守七面色柔和下來，有了幾分師父的模樣，說：「原來是祝允啊，幾年未見確實是長進了不少。」

她邊說著邊走到地上的劍前，抬腳一勾，劍起劍落，劍已經在秦守七的手中，她一反手，劍柄向著祝允遞到了他的面前。

祝允沒有看劍，雙眼仍是目不轉睛的看著秦守七，面上雖然平靜無波，但是心中早已波濤洶湧。

他出生在將門之家，父親卻不讓他習武，沒人能明白他對武學的渴望。他十一歲那年，父親要駐守江北一年，母親前去探望，他偷偷混在家丁的隊伍裡來到了江北。

他第一次見到秦守七的時候，她在練劍，玄色的身影在樹林中翻飛，凌厲又瀟脫的劍法深深吸引了他的目光，那就是他夢中想擁有的模樣啊！

他想方設法讓秦守七成了自己的師父，他的眼光果然沒有錯，她是個好師父，對他疼愛有佳，細心教授，在江北他跟在師父身後做了許多曾經想都沒想過的事情，那一年是他記憶裡活得最開心的一年。

只是後來離開江北，他和秦守七見面的次數便屈指可數，臨走時師父還答應了他會經常來上京看他，但兌現的次數少之又少，有時他費盡千辛萬苦私自來了江北，卻也尋不到師父的身影。

他失望，但從不怪師父，師父有自己的抱負，好男兒當先為自己的抱負奔波，看著師父的名號日漸響亮他也引以為傲。

他是師父的徒弟，在師父心中的地位是不同於旁人的！

可如今看來，他的想法是如此的荒謬！他的師父不僅沒有將他記在心裡，而且連師父是女人的事都要從別人口中聽說，這對他來說簡直有如天大的諷刺！

祝允小朋友頓時暴走了，這就好比他一直狂熱的追逐一根香蕉，結果發現香蕉只有皮、沒有果！自己的執著就是一場欺騙！

祝允一把奪過劍，開口說道：「七爺，方才得罪了，我本是聽說鎮北公來了上京，特地前來探望，剛才恰巧見到七爺，念及許久未和七爺切磋，一時有些過激，還望七爺海涵，祝允有事先告退了。」

祝允說完就拎著劍與秦守七擦身而過。

秦守七有些呆愣，不喚她師父而是與旁人一般叫她七爺，且這七爺叫得明顯有種諷刺的意味，這種疏遠的言行……

想起前幾日自己是女兒身的事情被曝露，秦守七目光冷了下來。

就因為自己是女人，徒弟連她這個師父都不認了？

說來也是，她也沒做過人家多久的師父，況且那時他年少不懂事，如今哪還會盲目崇拜自己這個女人？秦守七冷笑了一聲。

秦守七笑不要緊，可是她身邊的秦老爺卻急了，當即踹了秦守七一腳，在她身側低聲道：「妳這個小羔子還不去追，笑個屁啊！祝允從小就仰慕妳，妳卻連人都認不出來，這會兒生氣也是情有可原！妳哄哄他說幾句好話也就不愁嫁了！這祝允雖說年紀比妳小了些，但與妳也是門當戶對，眼時上京沒娶親的也就這麼幾個了，唯祝允最合適！這機會妳還不抓牢了！」

秦守七聞言眉頭就皺了起來，心想：這只是小幾歲嗎？

「爹您什麼時候這麼荒唐了？！祝允起碼比我小了七、八歲，我嫁給這麼小的男人，您不覺得丟人嗎？」

秦老爺聽完，抄起鞋又打了秦守七一下，「妳還敢說丟人！有比生了妳還丟人的事嗎？嫁給比自己小的總比嫁不出去丟的人少！快去！」

「不去！哪有女人哄男人的道理？」

其實在秦守七心裡也不在乎這種道理，但讓她嫁給這個小徒弟那真是想都別想了！絕對沒道理了！

「妳這個小王八羔子！這會兒倒是把自己當女人了！妳……妳就是要氣死我！」

秦老爺說完，就又要來一場父女大戰，這時趕巧一聲響亮的男聲傳來，使這場大戰無疾而終。

「哎喲！鎮北公！許久不見您老還是這麼精神抖擻！小輩一聽七郎說您從江北來了上京，就趕來看望您了！」

不用說了，此人就是二皇子韓初見，他拎著個小瓷壺風姿綽綽而來，和穿女裝時的娉娉婷婷大相徑庭。

要說韓初見長得一表人才，就是有點瘦、有點白，看在做長輩的眼裡就像個風流的小白臉，加之他身為皇子還總做些不按套路出牌的事情，在上京官宦人家姑爺候選榜裡一直是排倒數的。秦老爺不待見他，更多的原因是他總在自己嫁女兒的事情上摻合一腳。

「哎呦，勞煩二皇子還來看我這把老骨頭了。」

秦守七聽到自己老爹明顯不爽且風雨欲來的口氣就頭疼，這個二皇子真是嫌天下不大亂，明明知道她爹不待見他，還還這會兒來。

韓初見明目張膽的向秦守七拋了個媚眼，然後扭扭嗒嗒的湊到秦老爺面前，提起手裡的小瓷壺，一臉諂媚的笑容說：「鎮北公～小輩聽說您最懂品酒，當即去京城最有名的墨蘭軒要了壺尚秋醇釀來給您嚐嚐～您快嚐嚐這稱不稱得上京城第一美酒？」

韓初見說完，拔開瓷瓶上的木塞子，一股濃郁的酒香就飄了出來。

秦老爺愛酒就跟秦守七愛收藏珍寶、韓初見愛財是一模一樣的！一聽到是尚秋醇釀，秦老爺對韓初見的態度立刻柔和了起來。

「哎呀，二皇子真是太有心了，拿這麼貴重的酒來看我這把老骨頭，許久未見二皇子，老夫也是想念得緊啊！快進屋來喝上幾杯！」

不要驚訝秦老爺倒戈的速度為什麼這麼快，根本原因就在這酒上——尚秋醇釀號稱天下第一酒，傳聞年產一壺、日產一滴，價格貴得堪稱千金一滴！就算是多有錢的人家都要預約個一、兩年才能排上隊。

第一財迷的二皇子當真拿這麼貴的酒來賄賂秦老爺？這酒還真是尚秋醇釀！只是……不

好意思，尚秋醇釀的唯一生產商墨蘭軒剛巧就是二皇子他們家開的～

那這尚秋醇釀真的有傳聞的那麼神乎其神？

酒確實是好酒，但年產一壺、日產一滴純屬是扯淡！

尚秋醇釀生產量低的根本原因是二皇子的行銷方式，二皇子把這種行銷方式稱之為——饑餓式行銷。

所謂「饑餓式行銷」是指商品提供者有意調低產量，以期達到調控供求關係、製造供不應求的假象、維持商品較高售價和利潤率的目的。

據說這是他爹教他的！

※◎※　※◎※　※◎※

以秦守七對二皇子的了解，這一切她都看在眼裡，虧她爹還像得了寶貝一樣趕緊吩咐人把酒放了起來。這酒別人看來金貴，可在二皇子眼裡則是想要多少就有多少啊！他才帶了這麼一小壺來，可見其吝嗇程度！

秦守七對她爹因為一壺酒就轉變態度已經沒有什麼意見想要表達了。其實她爹以前不是這個樣子的，可能人越老了越惜物，也越世故。

在曾經絕不會見到她爹對任何人表現出卑躬屈膝、阿諛奉承的樣子，恐怕天王老子來了，她爹也不會彎一下腰。

但人老了，很多地方都大不同於從前，少了些狂妄，多了些世故。秦家本就是草根出身，在朝廷裡沒什麼根基，鎮北公也不過空有頭銜，在江北地盤聯合江湖裡的勢力還有幾分震懾力，可是在上京就算不上什麼了。

但要說對這二皇子，還真是與旁人大不相同。秦守七隨意找了個位置坐下，半瞇眼睛看著那邊才聊了幾句就形同老友般自然隨意的兩個人。

按理說，以二皇子的身分，在她爹心裡該是奉承的重中之重，但她爹在二皇子面前就是能擺出幾分長輩的威嚴，也能隨意的表現出自己的想法，無須裝模作樣。

二皇子這個人就是有這樣的魔力，總能讓人忽視他貴為皇子的身分，看待他時就是看他韓初見這個人，無關任何外在因素。

「七郎～坐那麼遠做什麼？還不來和我們喝上幾杯酒！」

不知何時兩人把話匣子說到了秦守七身上，韓初見舉著杯子招呼著秦守七，面上騷包的表情有種說不出的風情韻味。

雖然多少有點習慣了，可秦守七還是不自在的擰了擰身子。即便從很久以前韓初見就叫她「七郎」，但是如今這個「七郎」，不知從何時開始帶著那麼點叫情郎的味道了。

秦老爺也看向了自家閨女，這一看眉頭就皺起來了，「妳坐那幹什麼呢！看看妳自己現在的坐姿，哪有點女兒家的樣子！」

秦守七低頭看看自己，雙腿交疊，一手隨意搭著椅子把手，一手撐著額頭——自己一向是這副懶散的樣子，不是嗎？

秦老爺一看閨女無動於衷，還一副不知道自己哪裡錯了的樣子，當著外人的面就不給他這個老子面子，氣焰頓時就上來了，站起來怒道：「妳這個小羔子！我說了妳還不聽！妳……」

韓初見跟著站起來，急忙勸道：「鎮北公這好好的您急什麼啊！七郎不是一向這樣嗎？俗話說江山易改、本性難移，您讓她這一時半會就轉變過來還不是強人所難？」

韓初見這話說得適時，秦老爺覺得有幾分道理，也尋到了臺階下，氣焰消了幾分便坐了下來。

韓初見又繼續看向秦守七，帶著幾分意味不明的笑意：「七郎，妳不先去換身衣服再來陪鎮北公喝幾杯嗎？聽說你們也有數月不見了，父女也沒有好好喝過一杯。」

秦守七看見他的目光在自己身上遊走了一圈，這才想起來自己的外衣給了他，穿成這樣坐在這確實有些失禮。

而且……自己來了上京就在忙著打理生意，確實沒有好好陪過遠道而來的老父親，父女倆也沒機會說什麼貼心話，難怪今兒個老爹尋了機會打了自己一頓呢。

秦守七不禁感嘆女人就是沒有男人細心，自己這個當女兒的失職了……

完全沒有意識到自己的男女觀已經和大部分人背道而馳的秦七爺憂傷的嘆了口氣，說道：「爹，女兒先去換身衣服，一會兒來陪您喝酒。」

秦老爺聞言呆愣了，簡直如被雷劈了一般，他閨女剛剛自稱「女兒」了？！

秦老爺此時很想出去看看太陽今天是從哪邊升起來的！哦！不！即使太陽今天沒升起來也不如他閨女自稱女兒來得驚悚！

秦守七這會兒工夫已經走了，韓初見起身替秦老爺滿上酒，狀似無意的問道：「我剛才來時看到了祝允，也是來看望鎮北公的？」

秦老爺還沒回過神來，隨口就回道：「哪裡啊！看我是假，分明就是來看秦肖的！以前在江北也大老遠的來了好幾回，秦肖這小羔子哪裡是在家待著等他的主，撲了好幾回空還堅持來，倒是挺執著。可惜我這傻女兒一向對這事遲鈍得很，也不上心，他三年前就不再來了。要說這祝允在上京名聲不錯吧？」

韓初見接到秦老爺詢問的目光，配合的點了點頭，回道：「是啊，聽說說媒的人都踏破了定國公家的門檻了，只是這麼久了，都還沒應下一門親事。」

秦老爺聞言拍了下桌子，一副「我就知道」的樣子說道：「這就是了！這麼優秀的一個孩子都這麼久了還記著秦肖，還能拉下男人面子來主動看秦肖已是不易，可秦肖這小羔子剛才連人家是誰都記不起來，這回估計是傷透了心，可惜啊可惜！」

秦老爺一邊感嘆的說著「可惜」，一邊端起了酒杯。

韓初見也端起酒杯與秦老爺碰了個杯，小酌一口，笑道：「依我看也沒什麼可惜的，畢竟年紀的差距和閱歷的差距擺在那呢～要我說，就是祝允和七郎不合適，這婚姻不比其他，光是有一片痴心是不足夠的，還要知道對方需要的是個什麼樣的人，只是一味的等又能等到什麼？只是傻傻的追又能追到什麼？知己知彼才能百戰百勝，知道對方需要什麼、喜好什麼才能得到對方的心。秦老爺您說是不是？」

被韓初見這麼一問，秦老爺總算是緩過了神來，自覺話多了，剛才還真把韓初見當成了老友什麼都說了！

秦老爺不是傻子，這一番話下來也能發覺對方想當自己的女婿，但他又不得不對韓初見的話表示贊同。

自己閨女什麼樣他是最清楚了，縱然那心比金子還真、情比海還深，在他閨女眼裡若是沒有用處根本就入不得眼。話說回來，他閨女喜歡什麼樣的人，甚至是喜歡什麼性別，他這個當爹的還真是半點不知……

眼前這個二皇子倒是雄心壯志，拋開他二皇子的身分來說這人還是不錯，夠通透，年紀也合適，光是知道拿壺酒來先賄賂他這個老丈人就比祝允成熟點。只可惜管歸管，他這個當爹的可是左右不了閨女要嫁給誰，他就只能適時的施施壓，催她趕緊嫁了。

尤其是嫁給皇家，他更不能插手。

她閨女現在的身分也非同小可，開了個威震學府，手下操練著多少人連他這個當爹的都不知道，有多少朝中武將從她閨女手中過過也是不計其數；而威震鏢局雖說規模不大，但占著一個第一的位置，自是不容小覷。所以皇家人要娶他閨女到底存著幾分真心，這還真是不好猜。

秦老爺又喝了一口酒才說道：「雖說老夫這半輩子過來了，對這事還真是不敢妄加評論，秦肖這小崽子從小就很有主見，從來不跟我這當爹的說，我也拿她沒辦法，這不才逼她比武招親嘛！這小崽子表面應著，心裡不知道有什麼主意呢！說起來，二皇子年紀和秦肖差不多吧？怎麼還沒訂下親事？」

韓初見聞言就明白了，從秦老爺這裡是探不出什麼口風了，明擺著不會直接插手秦守七嫁人一事，但能問他的情況就說明自己還是在女婿候選人行列裡的！

「這還不是要怪我爹，他要提倡一夫一妻制，要我們當皇子的先做起，娶了妻不許和離。我自然是要好生找個合適的人過日子了，免得像我大哥一般成了家整日吵得天翻地覆！好婚不怕晚，關鍵是找到一個稱心如意的嘛～」

秦老爺聞言點點頭，當今恒帝自繼位以來做了不少驚世駭俗的事，便也不覺得這個一夫一妻制有多不可思議。恒帝的後宮也是有史以來人數最少的，加起來不過五人，後裔也只有兩位皇子和三位公主，皇家血統如此單薄，沒人能猜出恒帝的心思。

但皇家的事多說無益，秦老爺也不敢妄加評論，便含糊幾句開始說起別的話題，而韓初見也配合的巧言附和。

※◎※　※◎※　※◎※

這會兒工夫，秦守七已經換了衣服出來，依舊是一身玄色的衣衫，不過是換了個款式，不能怪她爹總罵她天天奔喪呢！這確實喜慶不起來……

三人成一桌，雖然秦守七向來話少，但是秦老爺自老了以後一向是話多的，平時也沒個人說說，一遇到二皇子這個還算說得來的，就話多了起來。二皇子也是活寶級的人物，有他的地方絕不會冷清。

這酒桌上自然是漸漸熱鬧了起來，一時間長幼不分，就連秦守七偶爾也暢快的笑上幾聲，開幾句玩笑。

三人相處好不融洽。

這一頓酒喝下來自是到了天黑。心情愉快，難免多喝了幾杯，就連一向收斂的七爺都喝醉了，只不過七爺喝醉了有個毛病……

秦守七喝醉了就想調戲人，這是她年少時和狐朋狗友出去喝酒養出的毛病。身邊都是些俗人，秦守七自然高雅不到哪裡去，不可能去些仙風道骨的地方喝茶吟詩作對，能去的自然是花街柳巷喝酒尋歡作樂。

奈何自己是個女兒身，只能調戲不能做，所以秦守七練就了一手調戲人的功夫。

其實這麼多年過去，酒桌上談了這麼多的生意，秦守七喝酒一向有分寸，只是她爹無烈酒不喝，加之許是很久沒有這麼單純的喝酒，便讓秦守七一時放鬆了下來，竟是醉得迷迷糊糊。

這會兒，她爹已經醉得窩在了桌子底下呼呼大睡了，唯有另一邊的韓初見還算清醒，剝著一顆顆的花生，然後耍雜技般的拋起再用嘴接住，有的滑進了衣領裡，有的掉入了口中，韓初見每接到一顆還向秦守七傻笑一番。

秦守七單手支著頭，瞇眼看著這酒桌上唯一的活物韓初見，人臉看不清楚，但那紅脣微張的樣子十分誘人，尤其那吃花生的方式讓秦守七十分眼熟，有一股衝動在湧動……

韓初見又接住一顆花生，還沒來得及嚼，就感覺一股力量把自己拉了過去，隨之身子一輕，落入一人懷中，一隻緊實的臂彎緊緊勒了一下他的腰，促使他身子向前傾，脣就被堵住了……

一隻靈活的舌直接竄入他的口中，在他口中掃蕩，那顆還沒來得及吞下的花生，在兩人糾纏的舌頭中間滾來滾去。

秦守七似乎是在追逐他，又似乎是在追逐那顆花生，韓初見只覺得這種突如其來的侵略讓他整身血液都沸騰了起來，一股血氣直衝頭頂，他一時不知該怎麼回應，只能任由秦守七索取。

忽然口中的舌停止了騷動退了出去，韓初見心中掠過一絲失望，只是那溫熱柔軟的唇沒有離開他，反而一隻手緊緊按住他的後腦讓他們保持這個親吻的姿勢，另一隻手攬住他的腰將他舉到桌上。

這樣，韓初見在高處，秦守七在低處，那顆花生自然而然的滑進了秦守七口中。

秦守七吃到了花生，離開了韓初見的唇，嚼了幾下吞了進去，向韓初見揚起一抹壞笑，舔了下下唇道：「很香。」

也不知道她是在說花生很香，還是韓初見的唇很香。

被放開的韓初見愣了一下，眼前這個帶著幾分調戲之意、不停壞笑的秦守七還真是帥得欠扁！而且！她現在這個表情和他們初見之時簡直一模一樣！

想到二人的初見，韓初見不禁開始身體躁熱，下身又開始脹痛，很想擼一管……

因為初見之時，就是韓初見永別「第一次」的時候！

沒錯！他韓初見的「第一次」就是葬送在秦守七手裡！此話若有半分虛假，他就撞死在豆腐上！

第四章
七爺酒醉後的癖好

約莫五年前，正是秦守七著手置辦鏢局之際，她參加各種比武大會結識天下豪傑，也用這種方式在江湖上闖出名號。

辦鏢局最重要的就是人脈和名號，其實秦守七的人脈不少，但畢竟不正派的居多，很多時候上不了檯面，名號也不夠響亮，所以有這樣的過程必不可少。

那個時候，秦守七參加一個地方性質的比武大會，主辦的東家是個有錢的商賈，辦了一場酒宴，宴請他們這些俠士，還請了當地有名的舞姬來獻舞助興，大廳裡一時間顯得有些紙醉金迷。

秦守七那時年紀不大，但也是這方面的老油條，她很淡定的喝著酒，偶爾在身邊敬酒的舞姬身上揩揩油，一雙眼睛環顧著形色各樣的對手。

最終，秦守七的目光落在斜對面一個黑衣少年身上，少年長得清秀稚嫩，約莫十四、五歲的樣子，一身的黑衣不僅沒顯得成熟反而更襯得他肌膚如雪有些柔弱，小臉不知因為喝了多少酒而紅彤彤的，那雙脣很好看，嫣紅嫣紅的，脣形比女子還美。

秦守七見過的美人不少，這不是吸引她的主要原因。而是這少年年紀小，身子看起來也弱，但坐得筆直，甚至筆直得僵硬。

不知是因為他長得好看還是看他年紀小故意逗弄，三個豔麗的舞姬圍在他身邊敬酒，三雙手不安分的挑撥著少年的身子。

少年有些局促不安，但似乎不懂拒絕，只能一杯一杯的喝著酒，任由身邊的三個女人在他身上上下其手，一看就是個初來乍到的。

雖然坐得有些遠，不過秦守七也能看出少年有些醉了，但還是坐得筆直。少年想藉此掩飾自己青澀，卻讓秦守七更覺得有趣，尤其看他臉頰紅潤的樣子，心中湧出一種搔癢難忍的感覺。

秦守七知道自己有點動情了，仰脖又灌下了幾口酒，手指探入身邊舞姬的衣內。

舞姬身子一軟，嚶嚀一聲靠在秦守七懷裡，媚眼如絲，媚叫了一聲：「公子～」然後含進一口酒，口口相對將酒渡入秦守七口中，完畢還伸出舌頭在秦守七脣上舔了一圈。

秦守七坦然接受這種勾引，將酒喝下，卻覺得這感覺沒有看少年一眼來得盡興。眼神不經意的一掃，發現少年正在看自己，她舉起酒杯向少年敬了一下，少年趕忙拿起酒杯回敬了一下，因為動作有些慌張還溢了出來，他急急喝下酒似乎有些嗆到，秦守七就更覺得那副樣子十分有趣。

有了這個互動，少年時不時的向秦守七看過來，秦守七笑意更深，覺得今日的酒難得的好喝。

只是少年身邊的三個舞姬越來越沒有規矩，行徑越來越放蕩，少年似乎是受不了了，和她們說了什麼站起身來，腳步有些不穩的出了大廳。

秦守七見少年出去，心思一轉，心中有種難以名狀的衝動，她推開身邊的舞姬也跟了出去。找了一圈，她在一處偏僻的地方發現了少年，他正在站在一棵樹下一蹦一蹦的不知道在做什麼。

秦守七故意悄聲走到了少年身旁，就聽少年口中嘟囔著：「怎麼回事……明明脹得難受……」

秦守七不巧瞄到了少年胯下露出的東西，結合他的話，秦守七噗嗤一聲笑了出來。

少年聽到笑聲，嚇得褲子都沒來得及提上去便急忙後退了幾步，神色驚恐的看著秦守七，開口「你……你……」了半天，一句話也沒說出來。

秦守七向前邁了一步，揚起一抹邪笑說：「你不知道怎麼回事嗎？要不要我教你？」

少年看著她又「我……我……」了半天沒說出一句話，反而漲紅了整張臉。

秦守七一步一步向少年靠近，少年只覺得對方的氣場實在是太大了，嚇得一步步後退，最終後背抵在後方的樹上再也無法後退了。

少年微張唇想說什麼，已經緊貼過來的秦守七突然將頭湊了過去堵住他的唇，欲脫口的話成了嗚咽之聲。

秦守七接吻就跟她那時候做人一樣，喜歡豪強掠奪，絕不容他人反抗。

他的初吻被一個男人奪了！

少年被驚悚到了！更驚悚的是……隻手在他下面亂摸，最終撥開他垂下的衣衫，探進了裡面！

被握住的那一瞬間，他彷彿被一股電流掠過，渾身一顫，身子有些發軟，那裡腫痛的感覺更加厲害了……

那隻手開始套弄，那手掌上的厚繭磨蹭在他最敏感的部位上，有種說不出的愉悅感，他只覺得整個身體都忍不住跟著顫慄，彷彿要溺死在這種感覺裡；口中想要因為那種美妙的感覺溢出的呻吟，卻盡數淹沒在密合的兩唇之間，激烈的吻讓他喘不過氣來。

無論是雙唇還是身體，這兩種感覺他都是第一次體驗，覺得自己整個人都陷在了一種混沌的愉悅之中，身和心只想無盡的感受這種刺激又愉悅的感覺，直到被溺斃……

那手越來越快，掀起了一波波的快感。他覺得自己馬上就要攀上愉悅的頂峰，忽然身體裡有什麼東西噴射了出來，漸漸耗盡，讓他一陣頭暈目眩，身子徹底軟了下來，還好有人攬住他的腰，讓他不至於坐在地上。

壓著他的脣也離開了，他得以大口的喘氣。

秦守七低笑了一聲，附在他耳旁輕聲道：「舒服了沒有？」

少年聞言，終於從剛才那種似夢非夢的感覺裡出來了。那人慢慢抬起頭，他漸漸看清了對方的臉，很俊俏，帶著幾分調笑，似乎是他皇姐喜歡的那一類型……但關鍵是……這是個……男人！他剛才和男人做了什麼！

沒錯，這個被秦守七的手擼走了第一次的倒楣孩子就是韓初見。由於這個陰影，韓初見每次見秦守七笑的時候都特別想擼一管……

還好秦守七其實是個女人，他不用變彎……

※◎※　※◎※　※◎※

憶起往昔彷彿歷歷在目，就連當時那種腫痛難忍的感覺都像是回顧了一遍……啊！不對！這不是回顧！這種真實的感覺……

韓初見從回憶裡出來，秦守七的手已經探入了他的衣服之中，在他小腹處游移，韓初見感覺自己彷彿又回到了那個驚恐無措的少年。

「七……七郎……」

秦守七聽到這樣的稱呼頓了一下，溫熱的呼吸帶著酒香噴在韓初見的臉上，她忽然傾身，原本支著桌子的手掃落韓初見背後的碗盤，欲要將他推倒在桌上。

這時，門外候著的下人聽到這麼大的動靜趕忙衝了進來，開門看到屋內情況的一瞬間全部都呆愣了……

七爺……把二皇子撲倒了？！

——風蕭蕭兮易水寒，壯士一去不復返……二皇子我們為您默哀三秒鐘……

其實，被秦守七撲倒是他韓初見夢寐以求的事情，不過剛才有點太突然，所以緊張了，本來終於做好準備被撲了，結果這麼一群人進來……

韓初見有些憂傷，怎麼說他也是個皇子，要有點節操，總不能說「你們都出去！讓我和七爺來一發！」吧？七爺好歹也是個女人……

唉……看來和秦守七修成正果是不能靠這些歪門邪道的……

於是他很有節操的推開了秦守七，難得很有氣勢的說道：「七爺喝醉了，你們還愣著幹嘛呢？還不趕緊扶回房裡！」

眾人聞言，趕忙一窩蜂的衝上來拉開喝醉的秦七爺，順便拯救出在桌子底下呼呼大睡的秦老爺，把這兩人連拉帶拽的「扶」了出去……

待人走光，蘇妙才偷偷摸摸的進了屋，走到韓初見面前，滿臉的愧疚，神情裡、眼睛裡，就連鼻孔裡都昭示著「我是罪人」這個信號。

「主子……都是蘇妙的錯，應該攔住那些人的……」

蘇妙垂著頭，說完話後偷瞄了韓初見一眼。

他丰子此時滿面通紅，本來就嫣紅的唇更加紅潤，明擺著已經香豔了一次——蘇妙自動腦補。

韓初見擺了擺手，帶著一身酒氣說：「沒事，我們先回去吧。」

蘇妙聞言如獲大赦，趕緊狗腿的扶著主子回宮，腦中繼續腦補自家主子和秦七爺的戰況！那情景比現場直播還要香豔！

※◎※　※◎※　※◎※

秦守七一向起得比雞早，即使昨夜醉酒也絲毫不影響她按時醒來。由於曾經隱瞞身分的原因，她一向不用人伺候，都是自行穿衣而後去井邊洗漱，再之後就是提著劍去宅後的樹林裡練武。

自從鏢局坐大以後，秦守七大部分時間退居幕後，而為了不讓自己的武藝生疏，向來是清晨練武，等吃過早飯再去鏢局裡轉一圈。

她生活規律，有人想找她自是不難。

還未到平日裡吃早飯的時辰，秦守七的隨從突然急急慌慌的闖進了小樹林。若不是秦守七素來感覺靈敏、反應迅速，這名隨從倏然出現定會被秦守七的劍氣所傷，輕則重傷，重則致命。

秦守七雖然及時收了劍，但隨從的手臂仍被劍氣劃傷一道口子，當即嚇得跪倒在地，顫聲道：「七……七爺……」

秦守七拿著劍負手而立在跪倒的隨從面前，眉心微蹙，但念起這隨從是新換的，便覺得情有可原，眉心也鬆了些。

她沉聲道：「起來吧。」

秦守七的隨從經常更換，因為長久用一個人會產生依賴感，如果這人有一天突然消失，她便會覺得不習慣，讓自己的生活出現紕漏，繼而手忙腳亂。為了避免發生這種情況，秦守七經常在用得差不多了就會換一個人，絕不會讓自己的潛意識裡依賴某個人，覺得某人必不可少。

隨從顫顫巍巍的站起，恭敬的說道：「七爺，外面有人在傳您昨日去『入戲』會了舊情人……說七爺您不僅像個男人，還如男人般……喜歡女人……」

一說到男人女人的話題，隨從的聲音就越來越小，生怕不小心激怒主子。

身分被披露以後，人人都施予異色的眼光，讓原本覺得不算什麼事的秦守七也對這個話題變得十分敏感，提起來就沒有好脾氣。

秦守七「喜歡女人」的這個傳言，說事大也不算大，說事小又不算小，就是看這裡面有沒有「有心人」了。

秦老爺一意孤行非要辦比武招親，就連英雄帖都擅自發出去了，能來的人必定在江湖裡有一定的地位。現在比武招親在即，卻傳出秦守七喜歡女人，豈不是給天下英雄一個響亮的巴掌？

威震鏢局坐大，有人欽佩、有人眼紅。聽說秦守七是個女人，那些本來就眼紅的人見自己輸給了一個女人，更是氣不打一處來，若是那些人尋了這個由頭鬧上一番……

秦守七想起來就頭痛，抬手按了按自己的太陽穴。眼前剛搬到京城，把京城的分號整修成主店就耗費了她不少的精力，如今還沒有重新開張就被鬧上一場，這以後在京城的日子必定難過！

她繼續揉著太陽穴，抬眼看了隨從一眼，問：「老爺知道這事嗎？」

「老爺昨兒個醉酒，到現在還沒起來……」

「務必不能讓老爺知道。現在去備馬。」

如果讓她爹知道，這鬧事的人還沒來，她的親爹必定要先鬧上一場。

隨從走後，秦守七煩躁的走到井邊，悶頭澆下一瓢涼水，沖下滿身黏膩的濕汗，雙眸再睜開時已經沒有絲毫煩躁的情緒。

果然，見了二皇子就沒什麼好事。

※◎※　※◎※　※◎※

「吁——」

黑馬嘶鳴一聲，在威震鏢局前穩穩停下，秦守七翻身下馬，本就鬆散的髮髻又垂落下幾縷濕髮。

守門的護院見到來人是秦守七，趕忙開了門，響亮的叫了聲「主子」，牽過馬繩。

隨即，「主子」之聲此起彼伏，直到秦守七進了前廳才消停下來。

她尋了主座方才坐下，就見到鏢局的劉管事依舊是一身儒雅的白袍尾隨進門，吩咐一側的人去沏茶後，便走向她。

秦守七沉靜的目光直視著他，劉管事面色波瀾不驚，被歲月洗禮後成熟俊雅的面容掛著一抹溫和的淡笑。

劉管事本名劉業，已過而立之年，為人雖嚴謹但是很親和，做事難得的乾脆俐落又穩妥，在秦守七身邊已有三年，主管鏢局裡大大小小的雜事。

他邊走邊說：「主子，總鏢頭這會兒還沒來，要不要我找人去催？」聲音不卑不亢，卻如人一般溫和好聽。

在鏢局裡，除了鏢局主人秦守七就數總鏢頭最大，鏢局主人都來了，總鏢頭怎能不到。

秦守七揚手拒絕：「不必，我不是來找他的。大掌櫃人在何處？」

「大掌櫃早前出去了，估摸著也快回來了，要不要我派人去尋？」劉管事說著，頓住腳步微微回身，狀似要出去。

秦守七出言相攔：「不必了，我等等就好。」

丫鬟這時端了茶上來，秦守七示意劉管事坐下來一同喝茶，劉管事欣然點頭，撩起白袍坐在秦守七不遠處，端起茶抿了一口。

秦守七也端著茶杯側目看了劉管事一眼，他喝茶的姿勢就如人一般儒雅，光是看著就讓人覺得賞心悅目。

劉管事的優雅，秦守七是萬般學不來的，她喝茶從不品，和喝白開水沒有什麼區別，旁人總說她這人讓人摸不透，連喝茶都看不出喜好，其實她是從來沒在意過這個問題。茶到底好不好喝重要嗎？不就是一杯解渴的水？

秦守七用喝茶的工夫問了鏢局整修得如何了，劉管事不疾不徐一一答了問題，秦守七很滿意的點點頭，交給劉業的事一向都處理得很好，鏢局內部的這些雜事她都是難得的很少過問、很少操心。

兩人正說著話，突然感到一陣刺目，再向門口看去，一人穿著紫色暗紋的錦袍邁步走了進來。

「呦～七爺～今兒個這麼早～」

語畢，「唰」的一聲，來人展開了他手中那把玉柄鑲金的扇子，晃得人一陣眼暈。

「收起你那騷包的扇子。」秦守七瞇起了眼睛，語氣重了些，但絲毫沒有動氣的樣子。

那人收了扇子，毫不客氣的坐到秦守七旁邊的主位，二郎腿一蹺，直接拿過秦守七喝過的茶杯喝了一大口，喝完就皺了眉頭，吐了吐舌頭說：「我不記得帳房裡缺錢啊？這茶也太次了吧！劉業，你這是吩咐誰買的茶啊？讓他注意點咱們鏢局的形象，沒窮到好茶都買不起的地步！」

這人正是威震鏢局的大掌櫃宋清歌，長了一雙惑人的丹鳳眼，讓人一看就知道不是個好對付的主。

他這人雖然毛病多了些，但是算得一手好帳，會看貨，估價也十拿九穩，最重要的是消息精通，可謂是眼觀六路、耳聽八方，也算是威震鏢局的鎮局之寶。

看貨看得好，自然是愛好寶物之人，這點和秦守七興趣相投，跟著秦守七便能有機會看到更多的寶物。而且秦守七從不吝嗇，比如送了他這把價值千金的扇子，這便是他投在秦守七門下的原因。

他年紀比劉業小，和劉業在鏢局裡的地位不分高低，對於他的沒大沒小，劉業絲毫沒有生氣的樣子，一如既往的淡笑說：「好，我現在去吩咐人給你買包好茶回來。」

語畢，劉業便起身離開，還帶走了一旁的丫鬟和小廝。

劉業和宋清歌相處的時日也不少了，這茶好不好劉業自是清楚，當下就聽出了宋清歌要趕人的意思。

宋清歌見劉業走了，便從椅子上起來，直接沒規矩的坐在秦守七一旁的桌子上，一手勾上秦守七的肩。

秦守七沒什麼反應，顯然是習慣了，瞥了他一眼說道：「要說什麼？還要支走劉業？」

宋清歌沒正經的嬉笑一聲，作勢推了秦守七一下，調笑道：「談妳終身大事啊！妳一個姑娘家的～我不是怕妳害羞嘛～」

自從知道秦守七是女人以後，一向不正經的宋清歌總用這種語言戲弄她。

這也就是他，若換了一個人，秦守七定然讓他笑不出來。

「宋掌櫃一如既往的消息精通，既然都知道了，那有什麼話就說，有什麼要求就提，我還有其他的事。」

宋清歌撇撇嘴，本來興致勃勃，可聽了秦守七的話就沒多少興致了。

「秦七爺一如既往的沒情趣！」宋清歌說著繞到秦守七身後，俯下身子在她耳邊輕聲道：「我沒什麼要求，我就是有　個問題～」

秦守七回答得言簡意賅：「說！」

宋清歌摸了摸秦守七還有些濡溼的頭髮，嬉笑了一聲問道：「妳到底喜歡男人還是女人？」

秦守七身體僵了一下，宋清歌自然是感受到了，臉上笑意更濃，手指一下一下的摸著她的頭髮。

良久，秦守七道：「男的。」

宋清歌聞言果斷回道：「妳騙我！妳想了這麼久，這肯定不是妳真正的想法！」

秦守七清冷的聲音響起：「宋清歌。」

宋清歌徹底蔫了，直接叫名字就是戲弄時間到此結束，他再胡鬧，也不敢挑戰秦守七的底線。

他撥弄了幾下秦守七的頭髮，說道：「這事多說無益，解鈴還須繫鈴人，因誰而起妳就去找誰解決吧！即便是揪出什麼人澄清此事，恐怕也毫無作用。我覺得此時未必是有人故意設陷，妳不要做些無用功的事，反而弄巧成拙。」

秦守七沒回話，只是嘆了口氣。流言蜚語就是這樣，只會越描越黑，想要刨根究底解釋清楚那是不可能的。

她身後的宋清歌拔下她頭髮上隨意別的簪子，一頭青絲便散落下來，繼而就聽宋清歌如她長輩一般念叨。

「我說，妳一個姑娘家的怎麼這麼隨便？這頭髮隨便這麼一別就出門了，妳好歹也是威震鏢局的主子吧？妳不注意臉面，也要給威震鏢局其他人長長臉面啊！看看妳這個形象！哎！本少爺就好心替妳梳梳頭髮吧～」

有人摸著她的頭髮感覺是有些不舒服，但是秦守七一向不喜歡爭論這種沒意義的事情，就隨他去了，她正好有些累，閉目養神一會兒。

宋清歌手閒不住，嘴也閒不住，邊用手指理著她的頭髮邊說道：「我跟妳講講妳昨天那事的幾個流言版本吧！可真是笑死我了！妳說現在的小姑娘怎麼這麼會編啊？有人說妳始亂終棄，騙小姑娘的感情，人家姑娘仍舊對妳念念不忘，願意超脫世俗的眼光跟著妳這個女人，然後千里迢迢歷經萬險來京城找妳～卻不料命運坎坷，路遇歹人被賣入戲樓，委身苟且偷生只為見妳一面，然後……」

宋清歌講得聲情並茂的，劇情聽在耳裡也頗有幾分跌宕起伏的感覺，秦守七閉著眼，也能偶爾笑上幾聲，宋清歌感受到她笑得發顫的肩，就會彎腰俯在她肩上調笑幾句，秦守七就含笑瞥他一眼。

韓初見進門的時候看到的就是這麼一幕。

在他心裡，這一幕是這樣的——

孤男寡女同處一室，一個狐狸精一樣的男人的賤手摸著他家七郎的頭髮，與他家七郎嬉笑調情，他家七郎閉著眼睛，脣角帶笑十分享受的樣子。然後那個狐狸精賣弄風騷和他家七郎曖昧的咬耳朵，他家七郎居然還和狐狸精眉目傳情！

這不得了了！以前是沒有他韓初見，可現在他韓初見在此，哪還能容忍這對狗男女！哦！不！那狐狸精是狗，他家七郎是被狐狸精迷惑了！

他要對這個狐狸精來個下馬威才行！膽敢在他的地盤染指他的七郎！不得了了！

邁進屋內，韓初見裝模作樣咳了一聲。

這一咳，自是引起了屋內兩個人的注意，秦守七見到韓初見便起身迎了上去。他是皇子，她是庶民，秦守七一向分得很清楚。

一向人脈廣的宋清歌自然也認得韓初見，眼波一動，從椅子後面旋身翻到椅子前隨意坐下，唇角一挑，淺淺一笑，拿起他那騷包的扇子向韓初見搖了搖，「早啊，二皇子～」

韓初見看第一眼就知道這個狐狸精是宋清歌，雖然他在秦守七身邊的時間很少，但她身邊有哪些人他知道得一清二楚。其中唯有這個宋清歌最為獨特，這人一向沒規矩，和誰都稱兄道弟、隨隨便便，反倒無人反感，與他相交甚歡，就連秦守七都不例外，秦守七對他的縱容可以說是無人能及。

當初韓初見一聽說這個人，便果斷的下了一句評語——天生的狐媚子！

想他韓初見就算再怎麼不正經，也從來不敢主動對秦守七動手動腳，但這人卻能做得輕輕鬆鬆！看那兩人剛才的姿勢要多親密就有多親密！他卻連碰個她的手指頭都要畏畏縮縮搞色誘……

好吧！他不氣！他韓初見是把七郎當女人的，這個宋清歌是把七郎當兄弟的，他們不一樣！對！就是這樣！

經過一番自我疏導，韓初見果然心情從裡好到外，笑得好不燦爛。

「七郎，妳和宋掌櫃剛才在聊什麼聊得這麼開心？」聊得這個狐狸精這麼不規矩！好吧，他小氣，他韓初見的胸襟海納百川，有容乃大！

秦守七還沒開口，後面的宋清歌嬉笑著沒正經道：「聊秦七爺的情史呢～～～」

韓初見聞言，覺得自己中了一箭……他怎樣旁敲側擊也打聽不到七郎說這方面的事，而她卻在和宋清歌輕輕鬆鬆的談情史！

秦守七一聽就皺了眉頭，回過身對宋清歌厲色道：「清歌，當著二皇子的面這麼沒規矩，也不知道起來見禮，還胡說八道！」

韓初見聞言，覺得自己又中了一箭……清歌、清歌、清歌……自從進京以後，七郎從來沒有像這樣叫過他二皇子以外的稱呼！而且，這話表面上聽來是斥責宋清歌，實則把他和她的關係也劃清了，他對於她只是二皇子，還不及宋清歌親近……

好吧，他韓初見一向抗打擊能力強，依舊笑容連連的說道：「見什麼禮啊，我一向最討厭這些規矩了，大家都這麼熟了，就不要見外了。」

宋清歌這時走了過來，站到秦守七身旁拍了她的肩一下，附和道：「就是啊！論起來，守七妳可比我認識二皇子的時間要長，這還規矩來規矩去的多見外啊～來來來，大家坐下邊喝茶邊說～」

韓初見覺得自己「突突突」連中了好幾箭，也不知道他是有意的還是無意的，這個宋清歌明顯一副家主的樣子和七郎招呼他這個客人！居然還直接叫她「守七」！

誰剛才說要對宋清歌下馬威來著？

這倒是被人家下了一個馬威！

算了，這種口頭之快有什麼可爭的，不管宋清歌居心何在，七郎只能是他的！

「不坐了！七郎，我是來邀妳去圍場狩獵的，今日京城裡的不少權貴都會去，妳鏢局重新開張少不了請些權貴坐鎮，此去是個好機會。」

秦守七自然明白這個道理，早就讓劉業去打點了，可是這些京城裡的權貴都是些吃肉不吐骨頭的狼，就算是送了再多的銀子、請了再多的飯，在他們這些被賄賂慣了的人眼中都算不上什麼，表面上答應得含含糊糊，實則很少會有人真的來捧這個場。

這也是秦守七遲遲不來京城的原因，比起江湖上的人，朝廷裡的人更加無情義可言。不過若是和二皇子一道去，那些人確實有可能礙於二皇子的面子應承下來。

秦守七有些探究的看著韓初見的笑顏一會兒，說道：「謝過二皇子。」

韓初見不知道為什麼被秦守七探究的目光看得有點緊張，開口便說道：「謝什麼！呵呵……就當……就當是為了昨天的事向妳道謝吧！」

本來自己這麼做就是想表露自己一顆誠摯的心，可是被秦守七一看，他突然害怕曝露自己的心思了……

「我也去！」

宋清歌強行插入對視的兩個人之間。

韓初見剛才還小小緊張的心情頓時消失得無影無蹤，正想著拒絕宋清歌的說辭，還沒想出來就聽秦守七說道：「你留在鏢局裡幫劉業打理事情。」

這語氣顯然不給宋清歌反駁的機會。

看著宋清歌吃癟的臉，韓初見頓時感覺自己扳回了一城，突然神清氣爽。

第五章
小心！情敵出現！

兩人兩馬，一白一黑，在集市中悠悠溜著。

韓初見微微側目，看一旁專心騎馬的秦守七，這幾年來都沒見秦守七面容有什麼太大的變化，只是他們兩人之間似乎變了很多。

雖然這幾年來相處的時間不多，但一開始秦守七還會戲弄他、與他親近，而他那時因為從小性格古怪，不善與人相處，面對她就像個懵懂的孩子。只是後來，不知何時開始他對她愈加熱切，她卻對他愈加疏離。

雖說人都會變，但這幾年來變得太多，加上見面的次數又太過分散，他無法整理其中的思緒，也沒辦法找到轉變的源頭。

其實這只能說明他還不夠了解此時身邊的這個人，雖然這個人造就了他這一生到目前為止的最大轉折……

「二皇子，先停下來吃碗麵如何？」

一旁低沉的聲音將韓初見從回憶中喚了回來，他轉頭，看到秦守七指著街旁的一家麵攤，面帶笑意。

韓初見心頭跳了跳，好像看見了那時在江北帶他在麵攤吃麵的秦守七。

他當即翻身下馬，說了聲：「好！」

時隔數年，兩人又一次坐在街頭的麵攤，就如從前一般用等麵的時間看街頭百態，雖不言不語，但卻不尷尬。

那時秦守七籌備著鏢局，便經常坐在街頭觀察周圍的人。走鏢，需要能夠對身邊的人和事有敏銳的洞察力，要從一個人的言行動作、穿著打扮看出這人有沒有歹意和威脅，有時連手掌的一個繭子都要注意。

也是從那個時候開始，秦守七不喜歡多說話，更喜歡多觀察，有些走火入魔，也教了韓初見一些。

那時韓初見跟在秦守七身邊還學了不少別的，他都一一記得……想到這，他看看坐在對面的人，正半睜著眼睛不知看向何處。只是，昔日之事不知道她還記不記得。

一會兒工夫，兩份麵條和羹湯便端了上來。

他第一次出宮就是來見秦守七的，在這之前，他從來沒在街邊吃過麵，第一次吃的時候連麵都不會拌，也是秦守七教的。

盯著這麵，韓初見一時間有些緬懷，當他要拿起筷子拌麵的時候，秦守七一句話都沒說就把她拌好的一碗遞到了韓初見面前，然後拿過另一碗繼續拌。

盯著這碗拌好的麵，韓初見有些發怔。秦守七是特意給他的？還是以為他不會拌——她忘了她教過自己就給了自己一份？

他左右衡量，後者的可能性比較大。

但無論哪種，他心裡都有種異樣的舒坦感覺，就好像此時正被陽光普照，回到了年少青澀的時光。

有些回憶就是太過美好，回想起來的時候也會被那種美好的感覺所籠罩。

※◎※　※◎※　※◎※

圍場設在城郊以北，當秦守七和韓初見到的時候，圍場已經被清一色的侍衛包圍起來。京城各大權貴家的公子差不多都已到齊，朝中一些年紀輕輕的大臣也在其中，一眼望去還能看到幾位官家小姐摻雜其中。

圍場雖大，但聚集的人太多，顯得有些嘈雜，不是炫耀自家千里良駒，就是擺弄手中鑲寶石的弓箭。於是，一個個包圍圈散布在圍場裡。

最人的包圍圈當數韓初見的哥哥，當今的大皇子韓初容。

兩位皇子最大的區別就是韓初容喜歡召集朝中權貴搞些狩獵、鬥詩會之類的事，而韓初見往往對這種事情避之不及，他很少和權貴摻合，反倒經常在市井裡逛蕩，開幾家別具一格的商鋪。

雖然如今儲君未立，但在眾人眼裡大皇子明顯是最合適的人選，也是巴結的上選。而韓初見，一個不與朝臣有太多糾葛，放著皇子之位不好好做去當賤商的皇子有什麼前途？

所以當韓初見和秦守七一同出現的時候，引起了不少人側目。

「初見！」

韓初容從人群中走出，徑直向韓初見他們走去。這一聲高呼過後，更多的人注意到了韓初見和秦守七這兩個男女中的奇葩代表。

眾人表情各異。這兩人怎麼湊在一起了？

不過，大皇子都過去了，眾人自是不能怠慢，也紛紛湊了過去。

「大哥！」韓初見笑嘻嘻的迎上去。

韓初容拍了他的頭一下，佯裝生氣道：「你小子怎麼這麼慢！這裡人可都在等你呢！」

而後兄弟倆勾肩搭背，一副哥倆好的樣子吵鬧了幾句。

這兩人雖然性格處事有很大的不同，但在眾人眼前他們一向是一副兄弟情深的模樣，可謂是顛覆了大宗國眾人對於歷來皇子關係的看法──從來就沒見過這麼好的皇家兄弟！

兄弟倆繼續毫不避諱的開開玩笑嬉笑幾句，韓初容便看向韓初見一旁的秦守七。

接受到注目禮的秦守七習慣性的一抱拳：「大皇子。」

「這不是七……」

本來要說七爺的韓初容忽然意識到秦守七其實是個女人，一時間為了稱呼犯難了。

……叫秦姑娘？這稱呼他想出來就抖了一把。

……叫七妹？顯得太熟稔了。

想了想自己老弟經常稱呼她的方式，韓初容說道：「七郎也來了，初見一大早就念叨著去找妳，總算是沒白找。聽說七郎射騎在江北頗有威名，今天要與我好好比試一番！哈哈哈……啊……韓初見！你掐我做什麼！」

韓初見嬉笑著拍了拍他的肩，「大哥，諸位可都等著你開場呢！你還磨蹭什麼呢！」語畢，韓初見又湊在韓初容耳邊小聲道：「不許你叫『七郎』！若是再讓我聽到一次，我就告訴大嫂你去寒竹軒偷偷見了柳詩姑娘！」

韓初容咂咂嘴，真是一如既往的卑鄙小人，就這件事威脅了他好幾次！以為他稀罕叫七郎啊！就一個稱呼而已，用得著這麼矯情嗎！

他再看看秦守七，根本就不像旁人一般這麼注意他們兄弟倆的互動，此時正專注的看著某個地方。

韓初容用胳膊肘捅了捅韓初見，示意韓初見不要再和他糾結這個問題了——快看看你家七郎！

韓初見看向秦守七，順著她看的方向看到了一個人，那人身材高大、鶴立雞群，外表俊朗非常，無論身在何處都能成為引人矚目的焦點，就好似天生的男主角。

他是祝義，當今的大將軍，祝之和的大兒子，祝允的大哥。更重要的是，他是曾經和秦守七征戰沙場的戰友！

眼見秦守七就要抬腿過去，韓初見一把拉住她，「七郎！妳去哪啊？馬上就開始了！蘇妙！蘇妙！你死哪去了！」

韓初見一邊喊著蘇妙，一邊拉著秦守七，順便踹了他大哥一腳。

韓初容有點埋怨他弟下手太重，但看他弟猴急的樣子又有點幸災樂禍，一下子就心理平衡了，決定幫弟弟一把，招呼眾人道：「來來來！老規矩！五人一組！兩個時辰以後回到此處分勝負！勝者本皇子重重有賞！」

韓初見他們沒來之前，基本上已經分完了組，韓初容此話一出，人走了一大半，皆扛著弓箭翻身上馬奔騰而去。

蘇妙扛著兩把弓、兩簍箭，趺趺撞撞的跑過來，「主子～主子～我來了～」

韓初見迎了過去，立刻去奪弓箭，蘇妙被他這麼一奪扯疼了肩。

「主子！您慢點！」蘇妙有些暴躁的拍開他的手，硬不讓他奪，非要自己解。他邊解著箭簍的結釦邊抱怨道：「真是的！也不知道這狩獵有什麼好的，我這單是扛著弓箭就出了一身的臭汗，髒死了～」

蘇妙說著還抽出手帕甩了一下，繼而細細的擦拭了額頭和脖頸的汗水，再不疾不徐的卸下其中一個箭簍，那風姿相當的小家碧玉。

韓初見看著他的慢動作快急死了，生怕一不留神秦守七就溜了！想到這，他再一回身，秦守七是站在原地沒走，但是祝羲和祝允兩兄弟卻走了過來！

好！真好！一下子來一雙！

韓初見抬步向秦守七走去，身後蘇妙急忙喊道：「哎！主子！您箭！」

——呸！你才賤！

韓初見頭也不回，還沒走到就聽見祝羲說：「我們兩兄弟不過是來看個熱鬧，沒想到能看到守七妳，不如咱們幾個成一組也賽一場，妳我可是很久沒有並肩作戰了。」

——不帶這麼出來搶本男主戲分的！不要以為你長得高、占地面積大，就可以把本男主的光環掩蓋！

韓初見剛想加快腳步過去就被一人截住。

「二皇子，別來……」

韓初見一聽這開場白就知道是來寒暄問暖，窮酸調的！再看那人……哦，本朝唯一女太傅付新如，順便也是他旗下大大小小店鋪的兼職公關經理，平時關係自然不錯。

韓初見呵呵一笑，直接打斷她的話迅速說道：「哦！付太傅啊！我挺好的，一會兒見啊！」語畢，他風一般掠過她跑到了秦守七旁邊。

「七郎！蘇妙把弓箭拿來了！咱們快出發吧！」他拉了拉秦守七，見她沒動，又裝作才看得見祝義的樣子叫道：「呀！祝大將軍也在啊！一會兒再聊哈！」

韓初見說完，又拉著秦守七要走。

秦守七依舊沒動，反手握住他的手指，韓初見心頭一顫，停下了腳步，回身看去。

秦守七看著他淺淺一笑，「二皇子，不是五人一組嗎？正好祝將軍、祝允、你我和蘇妙五個人。」

這會兒蘇妙也已經跑了過來，喘了幾口氣插嘴道：「我不會騎馬！」

剛才客串路人甲的女太傅付新如也湊了過來說：「不介意的話，可否加我一個？」

於是，二皇子一句話都還沒說，這五人行就已經定局了。

※◎※　※◎※　※◎※

秦守七和祝義兩個人策馬奔騰，並駕齊驅追逐一隻鹿，不像是搭檔，更像是在互相較勁，將其他三人甩得老遠。

「還記得瓊州一戰，妳我背腹受敵，我曾說過，有朝一日妳來了京城，我就帶妳去京城最好的醉仙樓喝花酒，誰知我們早已突破重圍，卻到如今還沒有兌現。」

馬還在奔馳，祝義說著話，一雙黑亮的眸子緊緊盯著前方奔跑的鹿，他飛快取下背上的弓箭，修長健碩的手臂將弓拉滿。

寒光一閃，箭「咻」的一聲射了出去。

與此同時，另一枝箭與他射向同一個方向！

「噗嗤！」

血肉被刺破的聲音，鹿的脖頸被兩枝箭同時刺穿。

一箭封喉！當初在戰場之上，這是他們最善用的殺敵方式。

秦守七看著轟然倒地、四肢還在抽搐的鹿，緩緩收回了弓，側頭向身側的祝羲看去，勾起一抹淡笑，清淡卻真摯，和當初他們殺破重圍之時一模一樣。

她說：「現在，為時不晚。」

祝羲看著她的笑容怔了怔，旋即也是露出一抹如出一轍的淺笑，說：「守七，我一直都知道妳……」

就在這時，他們身後傳來一陣喧囂，兩人回頭，只見二皇子騎著那匹白馬瘋狂而來，又從他們身側飛速的衝了過去。擦身而過時，秦守七看到了韓初見慌張的神色，眉頭一緊，當即策馬追了過去。

看著前面兩個策馬奔騰的人，韓初見總算知道騎馬騎得好到底有什麼用了。

曾經他身邊的人不止一次的讓他好好學騎馬，但在韓初見心裡，有馬車這種東西為什麼還要去騎馬？

好吧，學就學吧！但是他又不用上戰場殺敵，會騎不就好了，騎得那麼好又有什麼用？還不如用學騎馬的時間多籌劃幾樁生意呢！

其實，若不是當初教他騎馬的人是秦守七，恐怕他到現在還不會騎馬。不過依他所見，秦守七教過的人肯定不在少數，恐怕早就把教過他的事忘到千里之外了。

好在這種被忽視的事情不只發生在他一個人身上，他看了看左前方的祝允，一雙眼睛也盯在前面兩人的身上，同是天涯淪落人……

韓初見其實一點也不擔心祝允，他對秦守七只是單純的仰慕，而不是愛慕，不訂親事也只不過是祝允這個人本來就冷清，死腦筋一個，除了習武之外，沒有什麼事能吸引他。他在秦老爺面前那麼說祝允，也不過是想用祝允做個源頭表達一下自己的意思，也算是小小的利用了人家一下。

祝允身為將門之子，上戰場才是他的夙願，不過依韓初見估計，這基本屬於不可能了。祝允沒有什麼太大的威脅力，有威脅力的是他哥哥祝義！

他哥哥祝義未成親的時候就在京城姑爺榜上排第一，人品好、家世好、長得好，什麼都好。後來祝義成親了，依舊有不少人想把女兒嫁給他，不過祝義聲稱一生只娶一妻，全都回絕了。

只是祝義才成親兩年，那位將軍夫人就難產而死，連孩子都沒能平安留下，如今也過去好幾年了，祝義仍舊未娶新妻，他的專情更讓許多女子迷戀不已，因此又回歸京城姑爺榜，而且穩坐第一。

他和秦守七兩個人，男喪妻、女未嫁，比他韓初見與秦守七相識得要早，兩個人還有過同生共死的日子，年齡也合適，更主要的是祝義這個人無可挑剔，之前秦守七還出神的看著他！沒準兒兩個人之後磨出什麼感情來！

看吧！他們兩人連射箭的姿勢都如出一轍！還相視一笑！顯然在他們眼中容不下別人！

韓初見心中憤憤，自己和秦守七度過的日子也不少，卻從未有過這樣的默契，他氣惱的在馬背上抓了一把，一下子揪下了幾根馬毛，馬兒吃痛嘶鳴一聲狂奔起來。

要不是韓初見韁繩抓得緊，險些就被摔了下去！

他抓緊韁繩，奈何馬兒受驚根本不聽他指揮，胡亂的狂奔。而前面就是情敵，若是他呼喊救命，豈不是永世不得翻身！他韓初見就不信制伏不了一匹馬！

韓初見氣定神閒，緊握韁繩，馬兒不知跑了多久終於漸漸停了下來。隱約聽到後面有馬蹄聲跟著他，待馬停穩以後他狼狽翻身下馬，一陣頭暈目眩，胃裡翻騰不止，一彎身將早先吃的東西都吐了出來。

他吐了一會兒，微側頭看去，追來的人正翻身下馬，原來是付新如。他心中說不出是什麼感覺，似乎是失望，又似乎是慶幸，還好那人沒看到他現在狼狽的樣子。

「二皇子！您沒事吧！」

付新如匆匆幾步走到他跟前，一臉焦急，想伸手替他拍背，卻礙於男女授受不親不敢妄動，一隻手停在半空中僵直不下，面色憋得通紅。

韓初見沒回話，捂著肚子又嘔了幾口酸水，自然是沒注意到旁邊人的心思，一心埋怨著自己不是這塊料還要攬這瓷器活，風頭沒搶到還被人搶了風頭！

付新如最終收了手，解了腰上別著的水壺遞上去，「二皇子，要不要喝口水？」

肚子裡還在泛酸水，估計喝下去也要吐出來，韓初見當即擺了擺手說：「不必了……」

他剛想直起腰，肚子又一陣抽痛，身體有些脫力，捂著肚子就要蹲下身。這時，一隻手攬著他的腰將他扶住。

韓初見腦子裡還暈沉沉的，以為又是付新如，咬著牙道：「我沒事……」而後想推開那隻手。

「我帶你回去吧。」

聽到這熟悉的聲音，韓初見猛的抬頭才發現旁邊的人是秦守七。

——她……她什麼時候跟來的？

秦守七本來很快就跟上來了，但是她發現那位付太傅居然也焦急的跟在韓初見後面，那樣專注擔憂的神色讓秦守七心中有些異樣，不知不覺中減緩了追逐的速度，遠遠見到韓初見似乎也控制住了馬，便覺得自己追上去有點多餘了。

但她心中始終有些不放心，還是慢慢的向那邊跟了過去。遠遠的看著兩人的互動，秦守七覺得付太傅那想落又落不下去的手有些礙眼，雙腿就夾了下馬肚多趕了幾步。到了近處看到韓初見煞白的面容和欲要蹲下的身子，她趕忙一躍過去穩穩的扶住了他。

秦守七什麼話也沒再說，將韓初見拖上自己的馬，和祝家兄弟匆匆打個招呼出了圍場。

幸福來得太突然了，以至於韓初見看到祝羲黑得有些高深莫測的眼睛時沒有趁機耀武揚威一番，等他回過神來，只想捶胸頓足默哀自己錯失良機了！

秦守七估計是念及他的身體，所以騎馬騎得不快。

韓初見手指扣著馬鞍就能坐穩，因此不好意思去抱她的腰，只能直勾勾的盯著她的後背，思考一個嚴肅的問題……

什麼尺寸的呢！

什麼尺寸的呢！

什麼尺寸的呢！

說起來真是不好意思，雖然有幾次和秦守七肌膚相親的機會，但是一般那個時候他腦子裡都是一片空白，緊張得不得了，根本就沒心思注意這個問題。

每當面對秦守七的時候，韓初見都覺得自己特別純情，這是面對其他妹子絕對不會發生的事！這到底是為什麼呢？可能是因為那個詐欺性的初遇吧……

想起初遇，韓初見又不可抑制的起了不良反應了……

「好些了嗎？」

韓初見腦子裡在想著亂七八糟的東西，突然被秦守七這麼一問，反射性回道：「好！好得不得了！」

這語氣怎麼聽都像做了壞事以後拚命掩飾的樣子……他平時不是這樣的！韓初見在心中哀號……

而秦守七聽了，反而想起了初遇時，韓初見即使不習慣也極力逞強的樣子，他那時的樣子確實很吸引她，對什麼都懵懵懂懂，讓她十分喜歡逗弄他。每當那個時候他即使不習慣、不了解，也會裝成無所謂、我很熟的樣子，生怕別人發現他什麼都不懂，但其實早已經被他弄巧成拙，可他卻偏偏還不自知。

本來她還好奇到底是怎樣的人家養出了這樣的少年，卻沒想到他是皇子，這可真是出人意料。

秦守七那時很喜歡故意占韓初見的便宜，少年頎長的身體又沒有練過功夫，顯得更柔軟一些，卻不是女子的那種軟綿，而是硬硬的骨骼帶著種柔軟，摸起來很舒服。

只不過韓初見似乎一直很排斥和她觸碰，比如現在，即使坐在同一匹馬上，他還要極力和她保持距離。

韓初見這樣的反應，在她經歷過的男人中還是第一個，她理所當然的認為他這是討厭她，畢竟第一次見面時她做的事太過出格了，繼而也注意要和他保持距離。

「若是不舒服就說出來，我們歇歇再走。」

韓初見聞言，就聽出自己在秦守七眼裡已經成了弱不禁風的那一種了！想想祝羲那高大的身形，這怎麼行！

「沒有！我挺好的！我身體也沒這麼弱！可能是之前吃的太多了！」

聽韓初見提到吃，秦守七才意識到自己太疏忽了，她曾經走鏢日行六十里，吃過飯就上路早已經成了習慣，而韓初見身為皇子，哪有像她這樣經過鍛鍊的鋼鐵胃，飯後騎馬狩獵怪不得吐得這麼厲害。

「二皇子是回宮診治，還是去我那裡診治？」

「去妳那！」

不用照鏡子他也知道自己此時臉色肯定不好，若是讓母后看到了，必定又是一番嘮叨，又要好幾天不准他出宮！不過，去秦守七那裡好像也有點不妥當吧，昨天才去過來著……

秦守七很爽快的回了：「好。」

她爽快得讓韓初見都覺得今天是個難得的好天氣。

兩人進了秦府，沒走多遠的路，就見到秦老爺手中拿著不明物體氣勢洶洶的衝了過來，洪亮的嗓子怒喝一聲：「秦肖！」

那氣場駭得韓初見不禁退了幾步，不過有人比他速度更快，「咻」的一下就躲到了他身後，此人自然是秦守七，韓初見難得在秦守七面前顯得高大了……

秦老爺沒幾步就到了他們面前，凶神惡煞的臉更顯得猙獰嚇人。

韓初見有點不鎮定的說：「鎮……鎮北公……」

「二皇子！你怎麼又來了！」當著外人的面，秦老爺稍微收斂了點脾氣，沒直接把鞋子摔在秦守七臉上。

「爹！您不要輕信謠言，那天我只見了二皇子，您不信問二皇子！」

聽了這話，韓初見有點幡然醒悟的意思，怪不得她答應得這麼爽快，原來是讓他當擋箭牌來了……

「真不是蘇白雪？」

「爹！您還要我說幾遍？我和白雪沒有關係！她怎麼會大老遠跑到這裡來！」

「沒關係妳還叫白雪！再讓我發現妳和那個小娼妓見面就打斷妳的腿！」

「爹！我真沒有！」

韓初見愣愣的看著吵嘴的這對父女，忽然有了覺悟：原來不僅要防男，還要防女！

……誰能告訴他蘇白雪是誰？！

※◎※　※◎※　※◎※

謠言過後，秦守七的生活有了明顯的改變。

比如，府裡絕對見不到除了秦守七以外的第二個雌性，就連廚房裡的肥娘和她養的下蛋母雞都不見了蹤影。府裡稍微上得去檯面的男人在秦守七面前的出現率直線飆升，平時端茶送水的小丫頭都換成了少年郎，一個個眉清目秀，一個比一個還娘氣！

除了睡覺洗澡以外，她身邊必須有兩、三個人跟著，方圓三百公尺以內有雌性生物就會被趕走，連條母狗都不放過！

每當她在外面待的時間稍微久了些就會被請回府。有一次秦守七實在受不了，打暈了兩個跟著的少年郎便逃走了，回府裡她爹什麼也沒說，可是晚上就讓那兩個少年郎穿著單薄的裡衣在她床邊跪了一夜！

她爹這是要鬧哪齣啊！難不成只要她不喜歡女人，她養男人都行了？！

這比武招親還沒開始呢，她爹就想出新的辦法對付她了……看來有必要和她爹進行一次嚴肅的談話了……

「爹，我還要嫁人呢，您把府裡的傭人都換成男人，又讓他們擅自進我房間，這有傷風化。」秦守七正經說道。

秦老爺聞言，神色很淡定，喝了一口新茶，咂嘴道：「呦~妳還懂有傷風化啊~」

一般火藥味濃重的開場白，基本上不會促成什麼好的談話過程，秦七爺自動的沉默了。

得寸進尺是人的劣根性，秦老爺明顯就是那種劣根性俱全的人，七爺這一退，秦老爺必須進一步，當夜就給他閨女送去了一份大禮。

第六章
進擊的二皇子

秦七爺在書房裡看了多久的書，就被兩個少年郎虎視眈眈的盯了多久。

華燈初上，夜幕降臨，秦七爺嘆了口氣收了書本回房，一番沐浴後披著單薄的裡衣打算上床睡覺，卻發現自己的被褥已經被攤開，裡面還鼓鼓的……

掀開錦被，即便見過不少大風大浪的秦七爺也愣住了。

一個白皙的少年籠一身紅色的輕紗從床上坐起，舉手投足間風情萬種，少年美好的身體輪廓若隱若現……

秦守七穿的也不多，少年看著她紅了耳郭，懦懦的喚了聲：「七爺……」

也許是這段日子以來積累了不少不良情緒，淡定了這麼多年的秦守七此時也特別想爆粗口——七爺你個頭啊！

秦守七一甩手，用錦被把少年從頭到腳罩住，抓了一邊掛著的袍子披在身上衝出房間，直奔她爹的住處。

「爹！凡事要有個度！比武招親在即，您這樣敗壞女兒的名聲寓意為何？」

秦老爺睡得迷迷糊糊，被女兒的咆哮聲震醒，揉了揉惺忪的眼睛，說了一句話，這話讓秦守七十分想拆樓洩憤，表達自己的不滿。

「可算是有點人情味了。」

「爹！」

秦老爺瞥了眼咆哮的閨女，懶洋洋的打了個哈欠從床上坐起來，「嚷什麼嚷啊！妳還有名聲可言嗎？別以為我這當爹的不知道，妓院、倌院妳哪個少去了？」

「我那是去談生意！」

「得了吧妳！妳爹我又不是三歲小孩子，妳說什麼就信什麼！妳也別拿比武招親說事，那英雄帖上寫明了以武會友，眾所周知比武招親不過是個暗含的意思，到時候妳出個什麼花招，這比武招親還能算什麼？妳那點心思我這當爹又不是不知道！休想應付我！」

「爹，您為何就不信女兒呢！這次比武若是有人摘得頭獎，無論賠多少嫁妝，女兒都會將此人招來給您當女婿！」

秦老爺聞言終於正經了些，有些振奮的問：「此話當真？」

「君子一言，駟馬難追。」

秦老爺這才點了點頭，摸了摸下巴又說道：「有點虧，畢竟娶妳等於娶那麼大的家業，還要賠嫁妝啊……妳說妳這女兒家的做生意有什麼用，最後還是給婆家作嫁妝！」

秦七爺緘口不言轉身走人，她爹又在她背後喊道：「妳若是再騙我一次，我就天天往妳房裡放小爺！」

回應秦老爺的是「砰」的一聲關門聲。

※◎※　※◎※　※◎※

談過話後，秦老爺果然收斂了，只不過府裡的雌性依舊是少得可憐，但還好，總算是沒人盯著她了。

打發了這件事，秦守七著手把鏢局重新開張的事辦了。

當天，鏢局宴請各方賓客，鏢局裡有頭有臉的鏢師都從四面八方的分號趕來坐鎮。雖然前幾日狩獵之時匆匆走人，見的人也沒幾個，但秦守七當天是被二皇子帶來的消息便傳到了不少人耳中，打點過的權貴自是來了不少，還有些官家小姐來看熱鬧。

院內坐滿了人，院外也圍滿了看熱鬧的百姓。

其實很多人沒見過秦守七本人，對她十分好奇，人人猜想那比男子還剽悍的女子該是何種模樣。

姑娘、小姐們皆掩嘴嗤笑，那樣的女人必定長得粗獷非常，不是肥頭大耳就是虎背熊腰，定然好看不了！

但秦守七本人出現時，姑娘、小姐們都想自插雙目，大嘆老天何其不公！這般俠氣俊俏之人居然是個女子！很多少女都有個武俠夢，那夢中的俠士就該是這般模樣和氣質！面若清泉一凜冽，行若春風一溫柔，俠骨當如是。

不過，秦守七本人不是唯一的看頭，平日裡難見的大小鏢師各秀武藝才是看點，這真刀真槍真功夫自是比外面賣藝的有真材實料，不消片刻便能看得熱血沸騰，連聲叫好，當即便有權貴點名他們做護院。

鏢局的看點不只有鏢師，鏢局還有兩寶，一個是鏢鴿，一個是鏢犬。作為鏢師，大多都有訓鏢鴿和鏢犬的手藝。

鏢師訓出的鴿子不僅能傳信報平安，還有鴿把式，觀賞力極強，表演一齣，被不少公子、小姐花高價買了回去。

而鏢犬更是鏢師的寶貝，不僅能看門護院守鏢車，走鏢時出了事還能助鏢師一臂之力，似如虎添翼，把式自然也比鏢鴿多的不僅一星半點了。而且鏢犬體型大又凶悍，牽在手中出去溜一圈自是讓人也顯得虎虎生威。

訓鏢犬很費功夫，但鏢師並不是不賣，自然要惺惺作態一番把賣價提上去，下面坐著的權貴最好攀比，你要我也要，你有我不能輸給你，價錢快抬成了天價，最後沒買到的還要鬧上一番。

秦守七自是不會放過這個機會，也不會讓人伺機鬧事，她先讓手底下的鏢師應承下來，收了訂金，再訓一批鏢犬，到時候挨個送上門去。

這鏢局才重新開張，秦守七就賺了個盆滿缽滿，自然心情痛快，與眾人暢快豪飲，一時間都沒能讓人注意到她是女人這個真相。

應付的人比較多，席散了以後，秦守七已經有些醉了。親自送走了幾位大角色，她便讓總鏢頭路雲、大掌櫃宋清歌以及總管事劉業照顧其他客人散去，而後獨自去鏢局後院尋廂房休息。

後院裡住的都是在京城裡沒落腳之處的鏢師，宋清歌也住這裡。因為秦守七在京城買了宅子，就沒想到要在鏢局裡備間廂房，便思索著先去宋清歌房裡休息一下。

秦守七剛要開門進去，便聽到身後傳來女子的嬌呼聲。

「秦七爺！」

秦守七回眸望去，一個嬌俏的小姑娘正向她跑來，到眼前時見她面帶飛霞，有些惶恐不安，倒是滿可人。但秦守七卻想不出這是哪位鏢師的女兒，這後院應該是不會有外人進來的才對……

盧仁女曾經隨她爹去江北一個地方做生意時見過秦守七，但只是一面之緣，連名字都不知道，當時她就覺得這人氣質卓然、一表人才，好似她夢中郎君的模樣，可惜小女子的羞澀讓她錯失相識的機會，往後每每想到，她心裡就像結了疙瘩一般難受，於是更對秦守七念念不忘。

她此次又來京城，聽說這裡的小姐們都喜歡去「入戲」看劇，便也去了，卻沒想到還能見到這人！她果然沒有看錯人，「他」俠肝義膽，一身好武功救下了一個戲子。那時她欣喜若狂，比找到失而復得的瑰寶還要狂喜。

後來她多方打聽之下，沒想到「他」就是那個眾人口中的奇女子秦守七！

肖想許久的良人原是女子，她一顆狂熱的心突然跌落谷底，但想到恐怕以後再也不會遇到這樣的人了，卻又不甘，還想再看一眼。

此番她便隨著認識的官家小姐混了進來，果不其然，秦守七雖為女子卻能引來眾多女子側目，更有人不知羞恥佯裝跌入她懷中去驗她真身！

盧仁女看著那些不知羞恥的女子恨得牙癢癢，卻又忍不住埋怨自己這種只知偷偷看著的才是真傻瓜。

她狠下決心，若不能結成良緣，成朋友也不枉她思念一場！

於是，她趁剛才眾人退場，偷偷跟著秦守七進了後院。

然而，此時想了那麼久的人就在眼前，她卻支支吾吾的不知道該說些什麼，她果然太衝動了！

「我……我……」

喝了酒的秦守七有些暈，眼前這個小姑娘支支吾吾半天不說話，紅著一張臉偶爾抬頭偷偷看她幾眼，卻又不敢和她直視，她根本就想不起對方是誰。

於是，秦守七彎下腰把臉湊到小姑娘的面前想看個清楚。

盧仁女被她突然靠近的動作嚇得僵住了，一顆心狂跳不止，一雙靈動的大眼睛目不轉睛的看著她，卻不知她突然靠得這麼近要做什麼。

盧仁女看到她雙眼微微瞇了起來，難道……難道她想吻她？之前聽傳聞說她喜歡女子，難道是真的！

不可否認，她當初聽到這個傳言時有些欣喜，但是又糾結這世俗的目光，不敢肖想。然而，此時此刻她離她這麼近，心中的渴望如雨後春筍般冒了出來，即便是以後遭人唾罵她也覺得值了！

秦守七的事哪有他韓初見不摻合的道理！

所以他喬裝打扮混在人群裡，看到秦守七終於落單了，才偷偷摸摸跟了過去，只可惜被認識的大臣認了出來糾纏了幾句。

韓初見畢竟是皇家人，秦守七剛在京城落腳，兩人若是走得太近，難免落人口舌替秦守七製造麻煩。更關鍵的是他想娶她，若是現在就走得太近，難免今後他們成親的時候，有人會在背後說她的壞話，議論她今日的成就都是靠皇族關係換來的，這是他不想看到的。

所以應付起來費了些功夫，等他終於尋到了秦守七，卻看到這麼一幕！

秦守七要和那個女人做什麼？！

這可怕的一幕到底是怎麼回事？！

他的七郎確實不喜歡女人的吧？！

是吧？

是吧！

無論真相是什麼，如果讓他眼睜睜的看著秦守七和莫名其妙的女人搞不正當行為，那是絕對不可以的！

韓初見咬了咬牙，對一旁的蘇妙做了個「上」的手勢，「蘇妙！去！把那個野女人敲暈扛走！」

蘇妙聞言皺皺眉頭，揪揪袖子，搖搖頭，純爺兒們的身軀還極有風情的扭了扭，「主子，您怎麼能讓蘇妙去做這麼野蠻的事情呢～」

韓初見瞪了一眼搔首弄姿的蘇妙，雖然很想此時把他拍扁拍扁再拍扁，但是眼見那個野女人就要向前貼了，他哪有時間再管蘇妙！

韓初見大喝一聲：「秦守七——」

而後，他氣勢洶洶的衝了上去，一把將秦守七推進了房內，轉頭對蘇妙說道：「蘇妙你要是再不把那個女人帶走，我就燒了你那一箱東西！」然後他匡的一聲關上了門。

那一箱東西是什麼？

反正是蘇妙秘密的小辮子就對了！

因為蘇妙一聽那箱子就羞憤的咬了一下袖口，大步流星把盧仁女敲暈扛走！那動作乾脆倆落得終於有純爺兒們的味道了！

※◎※　※◎※　※◎※

房內，被韓初見強行拉進房間的秦守七，此時正一手揉著額角，眼睛半瞇，帶著淡淡的醉意。

韓初見額角抽動，這是埋怨他打攪了她的好事嗎？

韓初見最近有點煩，這情敵猶如雨後春筍般一個個冒了出來，他是應付不暇，如今竟然男女不分！這世間有比他還要苦難的人嗎？娶個媳婦不僅要防男人，還要防女人！

雖然自從被秦守七擼過以後，他就堅定了「她很不可靠」這個信念，但是現在看到她何止不可靠啊！他以前還覺得他們好歹關係特殊一點，怎麼說也是擼過的關係，以前秦守七也對他好過，雖然不知道為什麼後來變了些，但舊情復燃指日可待，他堅信！

因為他韓初見如今不會在她面前笨拙得像個小傻瓜了，他現在也像她身邊的其他男子一般有所作為！有自己的一方天地！

可他現在就是很煩！甚至在想秦守七擼過的人是不是不止他一個，或者她早就有過別的男人……又或者是女人……反正這個他從來不敢想的問題，讓他特別特別的煩！

這個女人就是混蛋！

在他想這個女人就是個混蛋的時候，他已經把這個混蛋壓在床上了。

做了這麼純爺兒們的動作的韓初見，心中有點小小的不自然，而秦守七此時詫異的眼神更讓他有點退縮……

但是做都做了，若現在起身說「不好意思，我一時激動」，那豈不是太沒面子了！他才是真正的純爺兒們啊！

管他明天是死是活，先做了再說！

於是，韓初見英勇的強吻了秦七爺！此壯舉必定要列入韓家史冊，永垂千古……

兩唇相貼，韓初見激動得唇都在抖，腦中一片空白，不知道下一步要做什麼。

在他和秦守七為數不多的親吻經歷裡，他一直都是被動的。作為一個發育正常的男人，在離開秦守七回到京城以後，尤其是他已經被擼過開了竅以後，也去找過別的女人，但是她們唇上刺鼻的唇脂味都能神奇的讓他還沒碰到對方的身體，燃起的慾火便可以消失得無影無蹤，每次都是不了了之。

他本來從小就對女人有點陰影，長大以後覺得這些女人還是這樣，便決定還是自給自足吧，像七郎那樣的不好找第二個……

如今，他真後悔自己為什麼要那麼厭惡那些唇脂味，導致他到現在連強吻都不會……回想起和她那寥寥無幾的幾次吧，七郎總能有種讓他渾然忘我的能力，他根本就不記得當時是怎樣的了……

最後他決定……跟著感覺走吧！

他趴在秦守七身上，怕秦守七掙脫開，還特意兩手緊緊按著她的肩，雙腿在她身體兩側緊緊夾著。

他恍惚記得有舌頭這回事來著……想至此，他猶如小狗舔食一般舔著秦守七的唇，細緻得不放過她唇的每一條紋理。

他這般動作不像是在強吻，反而像是一隻撲到主人身上狂舔的忠犬……

不過，韓初見並不自知，還為自己的行為感到自豪，他身下的秦守七盡在他的掌握之中，只是這樣的舔弄已經得不到滿足了！他探舌撬開她的唇齒，進入她的口中翻弄，秦守七口中還有淡淡的酒香，舌頭探到酒液的味道，更讓他染上幾分迷醉的色彩。

他放緩動作勾弄著她的舌，將她口中的蜜汁捲入自己口中，品嘗她如美酒般醉人又甘甜的滋味。

他家七郎果然合他胃口，引他深陷。

不可否認，秦守七被他撲倒的時候十分詫異。從出生至今，秦守七就沒有被人撲倒過，即使是小時候和人打架也從來不會讓人壓在她的身上，然而此時韓初見趴在她的身上卻讓她絲毫不反感，反倒覺得他的動作十分有趣，尤其他舔著她脣的動作加上他認真的表情……

確實，能把強吻搞得這麼有喜劇色彩的人，恐怕全天下就韓初見一個。

韓初見的動作就如同把她當成食物般品嘗，舌頭在她口中肆意妄為，她任由他胡鬧，雖然理智被酒精占去了一半，但他的動作不僅勾起她的情慾，更讓她有種意外的愉悅感，這種感覺很少見……

韓初見本來支著的身子愈加壓低，緊緊貼著她，甚至隔著兩人的衣物都能感受到彼此不正常的體溫，她能清楚的感受到他胯間灼熱的東西緊緊磨蹭著她的身體，心中漸漸被一種奇異的感覺占據，心臟的跳動如擂鼓一般。

一直以來她和男人親近都不會覺得有何不妥，更不會有什麼異樣的情緒，雖然她也在妓院、倌院調戲過男男女女，但也不過是覺得有趣，那種情慾本就是人之常情。

而如今，她似乎對情慾有了別樣的認識，眼前的這個人恐怕已經不是她記憶裡那個能夠被她輕易掌控的青澀少年了。

韓初見的唇離開她的唇，滑過耳際在她的脖頸上輕舔，還是如小狗一般熱情又執著，但卻讓秦守七心中的悸動更為不平靜，有種無法掌控的危機感，她抬手推開了緊貼著自己的韓初見。

陷在慾望中渾然忘我的韓初見突然被推開，一雙晶亮的雙眸迷濛的看著身下之人，雙頰泛著淡淡的紅暈，本來就殷紅的唇色經過剛才一番折騰更加豔麗。

此情此景落入秦守七眼裡只覺得滿腔的熱火沸騰了起來，她本來就戴著一張假臉，面色雖然毫無異常，但是她自己知道此時她真正的面皮必然比韓初見更加殷紅。

韓初見不知道自己為什麼會被突然推開，他隱約記得剛才秦守七似乎是摸了他的胸一下，然後就推開了！難道她不滿意自己是個平胸？還記得有一次她就嫌棄他在胸口塞的饅頭太小，那時他以為她只不過是開玩笑的，但是聯想剛才……那個野女人的胸……嗯，確實很大……他家七郎真的喜歡胸大的！

有了這個認知韓初見很驚恐，他一直堅定他家七郎在取向方面是個正直的少女，因為她以前調戲過他啊！雖然後來突然疏遠了……

等等！難道……難道是他家七郎終於發現自己其實喜歡的是女人，所以就對他疏遠了……難道這就是他苦苦尋找的真相？不要啊！

韓初見又一把按住秦守七的肩，將她緊緊的桎梏在床上，大喊：「妳不許喜歡女人！」

本來在為各種紛雜情緒困擾的秦七爺聽聞此言瞬間就愣住了……

壓在上方的韓初見緊咬著雙唇，看秦守七一副不知所謂、連爭辯都不爭辯的樣子更加氣惱，她居然不知道喜歡同性是不可以的嗎！

韓初見眉心糾結了一下，鬆開緊咬的唇，勉為其難的說道：「大不了我讓御膳房的廚子以後把饅頭蒸大一點，其實拿在手裡都是一樣的是不是？」

——呃……這都什麼跟什麼啊？

秦七爺的思緒頓時從剛才的紛擾裡糾結到饅頭上了，心想：饅頭大、饅頭小，和現在有關係嗎？她是要佩服韓初見的跳躍性思考，還是感嘆自己跟不上潮流？

韓初見忍辱負重不惜搬出饅頭來，秦守七居然還沒有反應，氣憤之餘又相當不甘，他一直篤定自己是最合適她的人，此時卻輸在了沒有胸這一點上！這不科學啊！

——不能讓胸成為不可逾越的鴻溝！

韓初見心頭閃過一個念頭，一把抓住秦守七的手放到了自己的臀部上，深沉又認真的說道：「妳摸摸，其實我屁股比較翹！比大胸手感要好的！」

韓初見的內心很純潔，只是想讓秦守七從胸控變成臀控……

可是突然被人抓著手去襲臀的秦守七心頭顫了，他的臀部確實很翹、很有彈性……但是……韓初見不是討厭她嗎？此時這是做什麼，剛才還那麼對她……

秦守七第一次感受到，男人心原來這麼的深不可測……還是他喝醉了？

秦守七支起身子湊在韓初見面前聞了聞，搞得韓初見又是面上一紅。

果然有淡淡的酒味。秦守七當即使抽回了手，淡淡說了一句：「你喝醉了。」

他確實喝了點酒，但是現在比較醉的人是她吧？話都說到這分上了，她居然還用這種話拒絕他！

韓初見羞憤交加，萬不得已扒開自己的上衣，又抓過她的手按在自己心口上，打算豁出去了，痛痛快快、明明白白的表白一場。

「磅！」

這時，房門被打開，宋清歌氣憤的出現在門口。

韓初見聞聲扭頭一看，居然是情敵之一的小狐狸精宋清歌！

之前被自己撞到他和七郎搞曖昧，如今讓他撞到自己和七郎在同一張床上，有那麼點風水輪流轉的感覺……

看著宋清歌氣盛的面容，韓初見心裡有點小爽，裝作不小心被人撞破好事的慌張模樣，急急慌慌的把露出的胸口遮了起來。

雖然本來就是被宋清歌撞破了好事吧……但被人撞破好事，還真沒有像眼前這種這麼開心的！

宋清歌看到這動作，面色更加猙獰，顯然心情極度不好，粗喘了口氣。

韓初見正在洋洋得意，就聽宋清歌怒聲道：「有你們這樣的嗎！在別人的房裡、在別人的床上亂搞！要搞就不能去客棧嗎！或者回家去搞也好！」

韓初見瞬間覺得自己迷茫了……這話什麼意思？

看著韓初見那臭不要臉的不自知的模樣，宋清歌又粗喘了口氣，心中罵道：這人真沒有素質！沒禮節！

那被子！那枕頭！可都是獨一無二的上等繡品！若是為此扔了豈不是暴殄天物！想一想宋清歌就肉疼！而且這也不是簡單的被單枕頭問題，每當他躺在這張床上都想到眼前的這一幕，他……

這兩個看起來怎麼都像是兩個男人在一張床上亂搞，卻也顯得活色生香，身下的反應都讓他覺得自己的取向有扭曲的傾向了……

而且，他宋清歌最大的優點就是消息靈通，自然知道這個二皇子打的什麼主意，若是讓這兩人成了好事，這財迷的二皇子豈還會讓秦守七買東西給他？為了他以後神仙般的米蟲生活著想，不成！不能成全了這兩個人！

宋清歌壓下心頭的火氣，整了整面色，打算演一把情深意切的小狐狸精。

誰知宋清歌才咳了一聲，秦守七清冷的聲音便傳了過來。

「我會吩咐劉業替你換一間更好的廂房，房中所有的東西都會按照原有的規格高上一等，還有事嗎？」

宋清歌聞言，本來欲脫口的話變成口水吞了下去，他看著二皇子的傻樣覺得心裡痛快了一些。

其實二皇子這個賤受的模樣，就算以後兩人成了好事，七爺也不會被他牽著走是吧？其實七爺嫁給二皇子也挺不錯的，起碼比剛才那個冷面將軍要好是吧？其實這屋裡的東西本來就已經價值連城，要是再高一個規格……吞口水，他應該見好就收是吧？

宋清歌主意打定，搖身一變，狗腿模樣渾然天成，「七爺！我沒事了！我這就走！你們繼續！那邊櫃子第三格有上好的香膏！你們懂的！隨便用！不用客氣！我走了！」

人不狗腿枉少年，他宋清歌這方面特別有覺悟！

七爺對宋清歌這副樣子見怪不怪，韓初見卻對宋清歌從頭到腳刮目相看了一遍，虧他還把宋清歌當頭號情敵，這簡直侮辱了他自己的智商啊……

宋清歌剛要後腳踏出門外，突然想起了什麼，回頭說道：「那個……祝將軍剛才送來了賀禮，見妳人不在就先走了，約妳晚上去碧月樓一聚。」

宋清歌說完，還別有深意的看了韓初見一眼。他想：韓初見和那個沒有人情味的精明大將軍比起來，還是韓初見這傻樣看起來比較可靠！

宋清歌滿意的走了。

韓初見看著那個狗腿又小人、一點也不符合他心目中狐狸精標準的宋清歌，在心裡呸了一聲，虧他還氣勢洶湧的想和他大戰一場聊表他高尚情操，結果這小人不戰而退！早知道就拿著夜明珠先亮瞎他的狗眼了！

看來祝義才是他的頭號大情敵。

一想到祝義，他眉頭就要擰成麻花了，祝義那個人從表面看起來簡直無懈可擊……

感到身前一陣陰影過去，韓初見抬頭，秦守七已經整好了衣服起身下床了。

——宋清歌！我詛咒你祖宗十八代！我的大好時機啊！

現在纏上去？經過剛才的折騰，情調這種東西連滴毛毛雨都沒剩下！秦守七眼中一片清明，早就沒了醉意。他也沒了勇氣，扒了自己貼上去這種事連青樓的妓子都不屑做，他更不可能……

色誘？宋清歌那狐狸皮怎麼沒有長在他身上呢……

韓初見心中一籌莫展，他轉頭，秦守七並沒有走，而是去了剛才宋清歌指的那個櫃子，從第三格拿出一盒東西。

韓初見吞了吞口水，心跳快如擂鼓。難道……難道……難道七郎她現在其實很有心情和他……唔……

秦守七又一步一步慢慢的走了回來，那腳步就像踩在韓初見的心口，讓韓初見緊張得快氣絕身亡了！

秦守七面色如常，但神情總有種不自然的感覺。她把手中的香膏扔在床上，瞥了一眼韓初見的某處，淡漠的說了一句：「你自己解決吧。」而後轉身快步走了。

韓初見拿起香膏，低頭看了一眼自己的某處，好想吐血身亡……

為什麼七郎面對這事可以這麼從容淡定？好歹他們剛才算是戰了一場啊！看來生米煮成熟飯這種套路對七郎是無用的……

第七章
沙場舊友登場

宋清歌興高采烈的去找劉業傳達七爺那令人幸福的指令，正巧劉業在後院練武。劉業氣質儒雅，但是舞起劍來瀟灑英氣，一招一式暢快淋漓。

興許是熱，劉業只穿了一件單薄的短衫，還敞著衣襟，走近就能看到細密的汗珠在他緊實的胸肌上滾落。

宋清歌不禁想起了剛才看到的那一幕，再看看劉業，內心有一種異樣感覺升起，耳根有些發熱……

劉業看到宋清歌便收了劍，露出一向溫和的笑容問道：「清歌，找到七爺了嗎？你愛喝的茶我買好了，一會兒讓人送過去給你。」

明明是句溫柔的話，宋清歌卻被嚇得退一步，而後什麼話也沒說拔腿就跑了。

劉業站在原地不明所以，就當他是間接性發神經吧，聳了聳肩，繼續舞起劍來。

不過多時，秦守七也走了過來。

「劉業，給清歌換間廂房，東西要比以前置備的好，原本的那間……收拾收拾就當是我在這裡用的廂房吧。」

「是。可是剛才我看到清歌，他怎麼沒和我說？我跟他說話，他卻一句話都沒說就走了。」

秦守七聞言，想到剛才的事，咳了一聲，想了想說道：「你知道清歌一向愛乾淨，可能是看到你這個樣子看不下去吧，一會兒洗個澡換件衣服，恐怕一會兒還要應付一些人。我出去一趟，你和路雲照應著些。」

看到劉業袒露出的胸肌，秦守七在心中搖了搖頭，這種她見多了，男人大多是這種汗淋淋又髒膩、肌肉突兀的，她早就習慣了。想想剛才在韓初見那裡手下的觸感……確實不一樣，乾乾淨淨又平滑，肌肉的紋理也細緻好看，似乎比他少年時成熟了些，難怪她醉酒的時候就忍不住想調戲他呢……

這個二皇子從裡到外都不同尋常。

她一向喜歡獵奇。

對，就是這樣！

※◎※　※◎※　※◎※

碧月樓是京城最好的花樓，雖是花樓卻風雅非常，裡面的妓子各個精通琴棋書畫，所迎的客人也都是達官貴人。

它座落在京城最為清幽之處，周邊種植著四季常春的松柏樹，修容得極為雅觀，讓人感受不到一絲屬於煙花之地的輕浮氣，即便是秦守七也未曾來過這樣的地方。

秦守七一入門便有門童迎了上來，報上名號，門童便恭敬的引她入內。樓內同樓外一般感覺不到屬於花樓的一絲烏煙瘴氣，有美豔的妓子彈著猶如涓涓溪水流淌般淡雅的琴曲，每個坐席都被意境極好的屏風間隔起來。

門童引著秦守七上了三樓，三樓有樓裡最好的包廂，單單是走廊上擺的一個瓷瓶都價值不菲。

「竹韻飄香」——這便是包廂的名字。

門童替秦守七敲了敲門，頓了一下推開門請秦守七進去。

裡面的擺設都由竹子做成，進入房內便被淡淡的竹香縈繞其間。

祝羲高大的身影即使坐著也極為醒目，秦守七一眼便落在他身上。定國公本就身材高大，足有六尺高，他的兩個兒子更是不落於後，尤其祝羲比他父親還高出一些。

祝羲聞聲抬眸道：「妳來了。」

兩人相對而坐，桌上兩碟簡單的小菜、一壺酒，不遠處的珠簾之後已經有一個雅妓在彈著曲子。

秦守七雖然曾和祝羲在戰場上並肩作戰過，也坐在一起暢快淋漓的喝過酒，但終歸多年不見，兩人身分也愈加懸殊。而且此時的環境讓她有些許的不自在，何況對面之人本就頗有氣勢的一雙黑眸正直盯著她看，卻遲遲不開口。

若是像對旁人一般的客套對他，則顯得生疏；反之，若像對熟人一般的隨意，倒顯得唐突。她坐下有一會兒工夫才說道：「怎麼不叫人來陪酒，乾坐這裡等著我？」

祝羲飲了口酒，呵呵笑了起來：「不瞞妳說，這樣的地方我是第一次來。身為將門之後，我父親恪守陳規，從不讓我們這些做兒子的來煙花之地，少年之時父親每日每夜督促我習武練功、研讀兵法，連偷閒的工夫都沒有，又怎麼有機會來這裡。那時我說帶妳來京城最好的花樓，不過是聽說妳喜歡來這樣的地方鼓舞士氣。」

秦守七聞言，覺得有些許驚異。祝家歷代將門她早有耳聞，當初的祝大將軍確實為人嚴謹苛刻，沒想到對待兒子也是這樣，她如果生在這種將門之家，恐怕早就成了被打斷腿的逆子了。

「原來如此。可為何不見祝允習武？」

祝義聞言眸光黯了黯，拿起酒杯在手中虛晃幾圈，「我家歷代武將，人丁愈加單薄，這代只有我和祝允兩個男丁，為保祝家血脈，父親便不讓祝允習武而是讓他走仕途之路，不過祝允這孩子倒是十分喜歡習武，若不是有妳，恐怕要一直鬱鬱不得志。」

秦守七愣了愣，覺得自己好像闖禍了，一時面色有些不自在。

祝義垂眸，放下酒杯，又抬眸向秦守七的方向探了探身，勾唇一笑，用低沉的聲音說道：「不過……父親不知道。」

就在此時，有人敲門入房，換了新的酒水和小菜上來。

「一會兒還有個人要來，是京城裡頗有地位的葛爺，他平日裡最愛賞玩些珍寶，妳若是和他交好，生意自是少不了。」

葛爺？！

秦守七對此人早有耳聞，據說是前朝重臣之後，京城裡頗有頭面的世家子弟，平日裡就愛宴請些權貴鑑賞珍寶，運送寶貝的鏢局從不用城外來的，大都是些京城退了役的捕頭，她曾想去拜訪但不得其門而入。

此番……

秦守七向對面的祝羲看去。

祝羲受到注目禮，閒適的笑了笑，解釋道：「當初說帶妳去醉仙樓，可惜時過境遷，當初紅火的醉仙樓早已不復存在。常言道君子一言，駟馬難追，多有慚愧，就當是彌補這份慚愧。」

這慚愧來得拗口，但秦守七也沒說什麼，畢竟此事對她有利無害，便敬酒謝了一番。戰場之上衝鋒陷陣本就是將士該做的事，一個醉仙樓又哪有左右的能力，她當時根本就沒把此事放在心裡。

兩人豪飲一番，談了談前塵舊事，倒是沒有那麼生疏了。

此時，敲門聲響起，穿著錦衣華裳的中年男子舉步進來說道：「葛某來遲了，兩位多多擔待。」

秦守七趕忙起身迎了上去。

祝羲雖是大將軍，但畢竟是晚輩，便也起身迎了迎。

寒暄幾句，三人落坐，跟在後面的僕人便把酒菜又換了一番，換上一桌琳琅滿目的佳餚，不僅菜餚味香色鮮，連下面的盤子都極有觀賞力。葛爺更是親自指揮命人好好布了一番菜，顯然對這裡十分熟悉。

「葛某曾請了數次大將軍來嚐這裡的菜式皆被拒絕，如今被大將軍邀來真是受寵若驚。

來，葛某敬大將軍一杯。」葛爺似是無意說道，豪氣舉杯。

祝義眼波閃了閃，舉杯淡笑，一雙黑眸更是有震懾力，「葛爺這是數落晚輩不懂事嗎？那晚輩自罰一杯。」語畢，仰頭喝下。

葛爺朝祝義點頭笑了笑，「哪有的事！來！喝酒！」他繼而又轉頭向秦守七笑道：「秦七爺也請。」

秦守七舉杯謙遜附和：「晚輩不敢當，葛爺叫我秦肖即可。」

「早聞江北有位人人稱道的秦七爺，如今一見果然是少年巾幗，此杯該敬，請！」

葛爺果然是老油條，一番酒下來拉近了三人的關係，化解了懸殊的氣氛，三人一桌倒是顯得和氣。

「聽聞秦肖剛來京城，想必是第一次來碧月樓，這裡如何？」

這碧月樓從一入眼便可看出非同一般，樓的主人絕非池中之物，很有可能就是眼前這位葛爺。

秦守七不說過目不忘，但也比一般人觀察入微，加之閱過的珍寶如數家珍，方才看了外面掛的詩畫和擺的瓷器便也能點評一二，一番話下來，葛爺連連點頭。

「沒想到秦肖年紀輕輕，對這些詩畫古玩的鑑賞不落窠臼、目光獨到，讓人刮目相看，來！我敬妳一杯！」

「秦肖班門弄斧，承蒙葛爺不棄，秦肖敬葛爺一杯。」

與人相交最怕此人性情隨意，還好葛爺為人講究，穿著打扮都有一番計較。秦守七閱人無數，從外在便也能窺看此人的心思品行一二。來來回回幾番敬酒，加之祝羲在旁添上幾句，聊得格外融洽。

天色已暗，葛爺已經喝得有些醉意，笑道：「今日聊得十分暢快，改日我們再喝上幾杯！看來今後少不了勞煩秦肖妳了。」

此言一出，秦守七自然明白葛爺已經認可她了，今後少不了生意上的合作，當即舉杯笑道：「秦肖定當奉陪到底。」而後仰脖喝下，乾脆俐落。

葛爺拍了拍她的肩也爽快叫了聲好，便道別離去。

秦守七與祝羲送走葛爺，門童也牽來了他們兩人的馬，兩人翻身上馬，秦守七正想說些道別感謝的話，祝羲拉了下韁繩與她的馬齊頭。

祝羲轉頭看向她，眉眼中含著淡淡的笑意，「守七，妳若是不急著回去，不妨和我去個地方。」

秦守七聽到這個稱呼，微怔了一下又轉而回以一笑，道：「也好。」

※◎※　※◎※　※◎※

兩人一路策馬奔騰，便到了城外山坡之上。將馬拴在樹上，祝羲領著秦守七又向上攀了幾步，撥開雜草和枝蔓，眼前豁然開朗，原來這裡有一處平臺，從這裡鳥瞰，便可以看到大半個京城。

繁星遍布的蒼穹之下就是燈火通明的京城，這一片浩瀚映入眼簾讓人眼前一亮，彷彿心胸都隨之開闊起來。

夜風襲過，透著清涼，頓時醉意醒了幾分，覺得神清氣爽，這裡確實是個好地方。

祝羲席地而坐，秦守七也隨他坐下。

秦守七望著萬家燈火，道：「京城確實大不一樣，到了現在這個時辰依舊燈火通明，一眼望去氣勢恢宏。有如我們那時勝利之後，站在城樓之巔俯瞰打下的那片江山時的感受，連綿起伏的火把是我們麾下戰士的豪情壯志。」

祝義聞言微微側目，看到一旁秦守七眼中光芒點點，彷彿回到了那時勝利的場景，再去看眼下這些景象確實有了不同的感受，秦守七確實不是一般的女人。

這裡是他的亡妻帶他來過的地方，他的亡妻本就不似尋常女子，比一般女子要豁達開朗，這也是他娶她的原因。但她看到這番美景也會如小女子般羞澀，依附進他的懷中，感嘆這就是她想要帶她情郎來的地方。

那時他以為這便是女子心中思慕的地方，沒想到在秦守七眼裡卻成了不同的景象，不過卻更讓他覺得愉快、感到贊同。

「是啊，這一片榮華的背後，是多人付諸於血汗才築建而成的，這種感覺除了妳，無人來訴。」

短短幾句話，就如回到曾經。

他和秦守七似乎有某種默契，一個眼神、一個表情，寥寥無幾的幾句話，就能讓對方心領神會無須多言，這是旁人比不來的契合。

是的，她的三個哥哥把自己的血肉之軀都貢獻給了這片太平盛世，沒有人比她更了解這種感受，心中一陣暗痛……

然而到了面上，秦守七只是淡淡的笑了笑，「現在天下升平，是大宗之幸，也是你我的榮耀。改日拎壺酒來到這裡暢快淋漓豪飲一番，才不虛此行。」

祝義豪爽笑道：「我也正有此意！」

暗處——

「哼！喝酒可以，下次我一定在你們中間！」

韓初見狠狠咬了一口草葉，目光炯炯的看著那邊並排坐著的兩個人。

蘇妙苦著一張臉，撓了撓被蟲子咬到的手臂，小聲說道：「主子，要不要現在過去啊？

我們躲在這裡也不是辦法啊！」

「你傻啊！怎麼能讓七郎知道我們偷偷跟著她？要是祝義敢對我家七郎圖謀不軌，我再衝出去英雄救美！」

韓初見一臉憤憤，一雙眼睛一眨不眨的盯著那邊的情況。

蘇妙翻了個白眼，那兩個人能出什麼圖謀不軌的事？他們就像兩個老爺們一樣坐在一起談天下興衰，顯然一點情調都沒有，能出什麼亂子！真不知道他家主子瞎忙活什麼，他一點也看不出大將軍會和他家主子一樣好七爺這口～

夜越深，寒氣越重，秦守七本就穿得單薄，好些年不在外面奔波，她也不如以前耐寒，夜風颳過，忍不住緊了緊衣服。

忽然，一件帶著暖流的外衣披在她身上，她向身側看去，祝義笑得淡然，「縱然妳再強勢，男女終究有別，我屬陽、妳屬陰，比妳耐得住寒氣。」

秦守七本想退還回去，聞言就輕笑一下接受了，「大將軍娶過媳婦就是不一樣了。」

說完以後她才想起將軍夫人已經過世，聽聞兩人曾經伉儷情深，自覺失言，有些歉意的向他看去。

祝義臉上的表情絲毫未變，似乎沒有什麼傷感的情緒，「我以前經過的女子太少，娶了媳婦才知道女子原是怎樣的，不過還是在妳這樣的女子身邊覺得更加習慣。」

話說完，祝義剛硬的面容都帶上了幾分柔情。

秦守七怔了怔，笑道：「坦白說我應該算不上是女子，若說女子該是怎樣的，我也說不上來，若是讓我如我嫂嫂那般，恐怕這輩子都做不到。你對我……」

秦守七話還沒說完，祝義向她傾身過去，修長的手臂攬住她的肩，一股男子的熱流烘在她的身上。

「守七，我早就知道妳是女子，在我心裡妳一直是女子。」

他目光如炬，眼底的情愫讓秦守七有幾分震驚，心頭跳了跳。眼見他目光愈加迷離，臉孔離她越來越近，秦守七穩了穩心神，手指探入衣內……

「七郎——」

未見其人先聞其聲，韓初見迅速的分開了兩個人，將秦守七擋在身後，凌厲的目光射向祝義，「祝將軍好情趣，大晚上約女子來這種荒涼的地方是要做什麼？」

「二……二皇子？」突然出現的二皇子讓剛才還有些迷醉的祝義回了神，想起上次的事，祝義似乎明白了什麼。

祝義還沒說什麼，秦守七便起身道：「我和大將軍只是在這裡看看風景，二皇子怎麼也在這裡？」

韓初見聽秦守七這麼說，心理怔痛一下，她的話就好像是埋怨他打擾了她的好事，他們兩人兩情相悅，是他出來橫插了一竿子……

但是！就算是兩情相悅，他也不會退縮的！

「我也是來看看風景！這裡只許你們來嗎？！」氣話脫口而出，韓初見就有些後悔了，自己怎麼又這麼沉不住氣！這語氣只能加深彼此的矛盾，要是七郎更加生氣拉著祝羲就走，那他……

被韓初見這麼強硬的口氣對待，秦守七也怔了怔，眉頭皺了一下。她剛才那麼說不過是為了轉移話題，怕韓初見誤會、讓三人之間的關係陷入尷尬的境地……沒想到他居然生氣了？！

瞧到秦守七皺起的眉頭，韓初見有點急急的想要為剛才的話辯解：「我……我不是……我就是……」

秦守七看他又後悔急著辯解的模樣，忽然笑了起來，搭上他的肩道：「二皇子這麼晚了出來看風景，就不怕皇后娘娘生氣嗎？天色這麼晚了，我送二皇子回去吧。」

她又看向祝羲，「你說你沒去過花樓，我本來還不信，如此一來我倒是信了。」說著，她從懷中拿出一個藥瓶，「這藥瓶裡是清心丸，花樓中的酒多少帶些媚藥，你以後若是去就備著一瓶。方才的事不要記在心裡，我先告辭了。」

語畢，她拉著已經變傻的韓初見離開了。

韓初見被這種峰迴路轉的劇情搞得反應不及，他家七郎沒有拉走祝羲而是拉走了他，這是怎麼回事？為什麼那個黯然神傷的人變成了祝羲而不是他？

他家七郎就是具有讓人出乎意料的能力！

回頭看看那個拿著藥瓶僵直站在原地的祝羲，韓初見在心中樂道：革命尚未成功，同志你就不要努力了！

「七郎～七郎～我現在進不去宮門了，不如去妳那裡住一夜怎麼樣？」

「好。」

——萬歲！\\(≧▽≦)//

韓初見興沖沖的上了秦守七的馬，兩人揚長而去。

「主子！您不要只顧著歡呼雀躍！蘇妙該怎麼辦啊！」

被蚊蟲咬得全身包的蘇妙躲在草叢裡抓耳撓腮。

※◎※　※◎※　※◎※

韓初見踏入秦府的第一感覺就是——

好強大的妖氣！

這琳琅滿目隱帶一種狐狸精氣質的男人們是怎麼回事？

他早就聽父王說過，在一個遙遠的地方，有一個女權的國度，那裡的女人廣納美男後宮，那裡的男子都如眼前這些男人一般，帶著一股惑人的妖氣！

而且他父王說，七郎以威震學府之名在江北操練人馬蓄養兵力，江湖之中黑白兩道都有不容小視的人脈。

開鏢局本就是個無本的買賣，只要有黑道存在，鏢局的買賣就不會衰敗，她仗著自己的人脈在江北一人獨大，暗指黑道作亂，以平定黑道製造威名，網羅錢財，又奔波各地做些善事收買人心。雖然此事抓不到把柄，但無風不起浪。

況且她爹最早也是個山賊，封了鎮北公的名號不僅僅是惜才，也是制壓。人一旦有了好名聲，做起事來就會小心翼翼，一失足成千古恨。她爹本就有股志氣，能從良自是不會再作亂，人也愈加收斂。

難保秦守七是青出於藍勝於藍，做的事雖擺在明面上，說她圖謀不軌也抓不到把柄，但放任她越做越大是不可能的，秦守七這個人不得不防。

而她的女兒身是她的死穴，這世道的男人即為英雄也不甘於臣服在女子之下，曝出她是女人的身分從某種層面上也是遏制住了她的勢力。讓她的勢力轉到京城來，也是為了讓江北的勢力群龍無首，才可暗中施壓，畢竟在京城做得再大，江北才是她的根。

抓住她的根，才是抓住她的人！

不過，韓初見從不認為秦守七有這樣的狼子野心，欲意謀反，他在她身邊待過的時間雖然不長，但七郎做人一向認真，從不走歪門邪道，鏢局的今天是她一步一步、踏踏實實努力出來的。

她說她少年時犯下的錯太多，仗著有爹爹和哥哥們作後盾，為非作歹、不務正業，可是看到自己家鄉被外敵侵占、生靈塗炭，百姓流離失所、家破人亡，她便覺得自己不能再荒唐下去。

一開始，她確實看到當將軍帶兵打仗威風凜凜羨慕非常，自己也想當個少年英雄，但是上了戰場才知道少年英雄要付出多少的血與淚，那種誓死為國的豪情壯士做起來比說的要難上萬倍！

一場戰爭洗刷了她的少年無知和荒唐，磨練了她的意志和決心，才讓她有了如今。

韓初見相信，但是他父王不信，所以他發誓要把秦守七娶進門，皇家媳婦的身分可以遏制她使他父王放心，同時這個身分又能讓她放心去做自己的事，無論是父王還是七郎，抑或是他自己，都可以得到成全。

「那為父直接給你賜婚就好了～」

父王當時是這麼說的。

不過他韓初見也是有骨氣的漢子！他一定要七郎心甘情願的嫁給他，不要與她做貌合神離的夫妻！

但是以眼前的情況來看……

——父王你還是給我賜婚吧！

秦守七看了眼目瞪口呆的韓初見，咳了一聲，神情不太自在的解釋道：「咳，這都是我爹安排的，他怕我喜歡女子，就把府裡的人都換成了男人。」

完全沒有注意到他家七郎居然主動解釋了！韓初見依舊精神萎靡的問道：「妳真的不喜歡女人嗎？」

連親爹都懷疑她，不能怪他不相信，要知道秦守七調戲女人的時候他也見過！

「我爹一向很荒唐。」

這其實真的是秦守七向一個人解釋這種無聊問題的最大限度了。

但韓初見覺得她沒有正面回答，所以沒有被治癒……

「呦！二皇子又來了！」

秦老爺在秦府眼觀六路、耳聽八方，秦守七一進門，他就飛速的出現了。

韓初見抬眸看了眼秦老爺，還是那麼為老不尊！什麼又來了！他明明好幾天沒來了！幾天沒來這府裡就多了這麼多隱性的情敵！看來要卑鄙的在秦府安插眼線了！

「鎮北公，我來借住一晚。」

「二皇子來得真巧，我三兒媳今天趕巧從江北到了京城，備了一桌好菜接風洗塵，一起來吃一頓吧！」

秦守七聞言，很是詫異又有些驚喜的問：「三嫂怎麼來了？」

秦老爺最近一看秦守七就長氣，點著她的腦袋喝道：「還不是來教妳這個死羔子學學規矩！妳要是欺負妳三嫂，小心我扒了妳的皮！」

欺負！

韓初見聽到這個字眼，再結合秦守七剛才驚喜的眼神，覺得很不純潔……不好意思，他就是突然對女人的出現也敏感了，簡直敏感得心力交瘁！

秦守七拍開老爹的手，不太樂意的說道：「爹！您這說的什麼話啊！我何時欺負過三嫂！」一說完，她便越過秦老爺向內院走去。

韓初見趕緊跟上，今天來得真巧，沒準兒又會發現一大敵情！秦守七她三哥在戰場上為國捐軀的事他也知道，她三嫂就是個小寡婦啊！這麼多年沒再嫁一定有內情！

第八章
七爺的女人直覺

秦守七剛進大廳就覺得一股旋風衝了過來，不用猜也知道這股旋風是誰了。

「爹爹！」

一個五、六歲的小男童撲進秦守七的懷裡，歡快的在她臉頰上親了一下。

「念兒。」

秦守七抬手摸了摸男童的額髮，笑得極其暢快，她聽說三嫂來就知道秦念這個小活寶也跟著來了。

三哥過世的時候，三嫂正好懷了秦念，她對這兩人最有愧疚感，對秦念視如己出，每次出門回來都會替這個小活寶帶稀奇玩意，而秦念也最喜歡小姑姑。

後面跟來的韓初見卻被這個稱呼嚇傻了。他家七郎怎麼還當爹啊！這……

這時，一個溫婉的少婦娉娉婷婷走了過來，正是秦守七的三嫂劉嫣然。她面上帶些嗔怒，對兒子說：「念兒，告訴你多少遍了，不許這麼叫小姑姑。」

「三嫂。」秦守七朝劉嫣然打了聲招呼。

秦念摟住秦守七的脖子，回頭吐吐舌頭，「爹爹說了，念兒可以這樣叫！」他奶聲奶氣的對秦守七撒嬌道：「是不是呀爹爹？」

秦守七寵溺的看著秦念點點頭，「是。」

秦念不知道小姑姑是怎樣的，但是他的小姑姑就和別人的爹爹一樣。每當看著三哥哥可以甜甜的叫爹爹的時候他也想叫，他就問了小姑姑：「我可以叫妳爹爹嗎？」小姑姑一向寵他，自然就答應了，從此以後秦念就一直叫爹爹。

「荒唐！秦肖妳一個人沒規矩就別把小念兒教壞了，這姑姑哪和爹一樣！說了妳多少遍了！」最後進門的秦老爺一巴掌打在秦守七的頭上。

秦念嘛著小嘴護著秦守七的頭，不高興的叫了聲：「爺爺！」

秦守七抱著秦念向餐桌走去，「爹，不過是個稱呼而已，念兒高興就好了。」

秦老爺聞言氣得吹鬍子瞪眼，而秦念在她懷中興高采烈的附和著：「就是！就是！」

秦老爺這所有的子孫裡面，就這兩個活寶最讓他鬧心了，一聚在一起就氣他！

「這小念兒越來越像妳！倔脾氣！又荒唐又沒規矩！」

劉嫣然一看公公生氣了，趕忙上前要伸手接過秦念，「念兒，還不來娘這裡？爺爺都生氣了。」

「三嫂，妳不用在意，爹他一向這樣，總埋怨我不像個女兒，卻也沒把我當過女兒，他就是嘴上罵幾句罷了，平日裡不也最疼念兒了嗎？」

當老人就是這樣，哪個最費心反而最疼哪個。

秦守七這一番話出來，秦老爺子又打了她頭一巴掌。

確實……有哪個爹會打女兒腦袋的……

韓初見默默看著這一家子，只覺自己插不進去，有爹有娘有孩子有爺爺，他算什麼……

「二皇子，你愣在那裡做什麼？還不來吃？」

已經落坐的秦守七腿上還坐著秦念，一大一小同時向韓初見看去，這景落在韓初見眼裡又覺得有些溫馨，若是自己以後和秦守七有了孩子……

不過，他到底是爹還是娘？

這飯桌上的氣氛讓韓初見覺得有些怪異，雖然七郎偶爾會替他布菜，但他知道那是因為自己好歹是個皇子的原因。可是這一家子……

秦老爺總會隔一段工夫數落秦守七一句哪個姿勢不合規矩，秦守七充耳不聞，而這個時候三嫂就會出言附和秦老爺說得有理，秦守七竟然立刻改正，一次、兩次還不足為奇，三番五次下來韓初見都稍稍注意了。

而且秦念那個小娃娃始終纏著秦守七，在她腿上不肯下來，左一聲爹、右一聲娘，這氣氛越來越怪異，好幾次韓初見都想噴飯。

「肖兒啊，妳嫂嫂大老遠的來了，妳就把手頭的事情放一放，陪陪妳嫂子，也跟著好好學學，妳這幾個嫂子中就屬妳三嫂最懂事，妳……」

秦守七夾著一根雞腿放進她爹的碗中，制止了他的話，「行了爹！這幾日我會好好陪著三嫂的！」

韓初見感覺自己的耳朵忽然立起來了，有敵情！

溫婉的三嫂抬眸看了眼秦守七，面若芙蓉，「不用這麼麻煩了，守七也有自己的事情要忙，怎好……」

餵了腿上的小傢伙一口米粥，秦守七笑道：「我沒什麼事，鏢局已經開張了，有其他人打理，我這幾天正好閒了下來。其實三嫂妳不來，我也正要派人去把妳接來住幾天呢。」

從這一來二去的對話當中韓初見分析出來，此三嫂雖然表面看起來殺傷力不大，但實際上是個相當有分量的角色！

※◎※　※◎※　※◎※

韓初見作為皇子，自然是待遇不錯，秦府安排了秦守七院子裡的廂房給他，他默默的待在房裡就能聽到隔壁吵鬧的聲音，秦念那個小娃娃似乎對他姑姑特別的依戀，晚上睡覺竟然還賴著不走。

躺了會兒睡不著，韓初見披了外衣到廊中坐著，本來還以為到秦家住一晚能做些什麼事，結果半路殺出個程咬金，如今只能獨自坐在院中賞月了。

父皇和母后對他的婚事催得越來越緊，父皇還好說，只是母后……

母后一直嫌他不像他哥哥一般每日好好待在宮裡替父王打理政事，總是往市井裡跑、折騰些生意。父親曾教導過他民生是國之大計，他也沒什麼雄心大志，宮裡有哥哥，他更願意到宮外了解民生，以便未來好好的輔佐君王。但是不可否認，他喜歡去市井和秦守七對他的影響也有很大的關係。

只是母后貴為一國之后，自是希望兒子能有出息，將來能夠做君王，因此把他的心思當作玩心，盼他早日娶個媳婦安下心來，參與朝政。她最近更是想著法子替他張羅待字閨中的千金小姐，綁他娶妻的心都有了！

眼看秦守七這裡毫無進展，若是比武招親之口一到，以他三腳貓的功夫自然不會參加，如果秦守七金口玉言真把自己嫁出去，奈何他是皇子也無回天之力。

「唉……」

娶媳婦這事……愁啊……

「夜色已深，二皇子不睡覺在這裡唉聲嘆氣做什麼？」

突兀的聲音響起，韓初見猛地回頭，就見秦守七也披著外衣散著頭髮毫不忌諱的坐到了他旁邊。

「我……我沒什麼，妳還沒睡嗎？」雖然韓初見這是明知故問，但他是不會承認自己聽牆根了！

秦守七將披散的髮絲撩到耳後側臉看他，微微一笑，「沒有，念兒剛剛才睡下，我見你房裡燈還亮著便出來看看。我一向不喜人伺候，這府裡的下人也比較沒規矩，二皇子可還習慣？有什麼不妥的地方直說便可。」

韓初見被秦守七的笑容晃了眼，不得不說今夜的秦守七異常的溫柔，好像突然轉變了氣場，這是怎麼回事？難道真的是因為她三嫂來了？

「我也不太喜歡人伺候，身邊一直……啊！我把蘇妙忘了！」韓初見一拍腦袋站了起來，他說今天自己怎麼總有點少了什麼的感覺呢！原來是把蘇妙丟了！

是啊，蘇妙一向和韓初見形影不離，剛才在樹林裡看到韓初見，沒理由蘇妙不在。

秦守七也隨他站了起來，問道：「要不我現在派人去尋？」

韓初見想了想，搖了搖頭，又坐了下來，「不必了，反正他又不是傻瓜，總不能還在山上等我回去吧？」

※◎※　※◎※　※◎※

話說蘇妙……

蘇妙抱臂打了個噴嚏，他太倒楣了！主子一走，他下山去找馬，卻不知道馬跑到哪裡去了，這才想起來慌忙中忘了拴馬！無奈在山上等了一會兒也不見主子回來，他這才一步一步往回走，走到現在才走進城！

兩人並肩坐著寂寂無言，其實韓初見有話要說，但是問不出口，手指扣著下面的木欄替自己打氣。

秦守七側頭看他，他直直盯著前方，鎖著眉頭不知道在專心想什麼。從山上下來後，二皇子就格外的安靜，就像……很多年前的那日一樣，他突然不再跟在她身後，一見到她轉身就跑，沒過幾日更是離開她回了京城。

雖然後來寥寥無幾見過幾次，卻總感覺與從前相比，兩人之間起了變化，在她面前他好像藏著什麼，這種感覺讓秦守七不舒服，便也開始疏遠他。

※◎※　※◎※　※◎※

秦守七當了太多年的男人，年少之時把男人分為兩種，一種是可交、一種不可交；年長以後又把男人分為兩種，一種可利用、一種不可利用。從小到大無論是哪一種，秦守七從來沒把男人和情事掛上邊，也沒男人把她當女人用過情。

但韓初見是不一樣的，他從一出現就很特殊，秦守七甚至想過把他招進門做女婿，只是後來他逃走了，又後來聽說他是皇子，就徹底斷了這個念頭。

如今……二皇子似乎懷著目的刻意靠近她，這讓她稍微有些反感，他終歸是和從前不一樣了。她也知道自己現在的勢力越來越大，雖然她刻意不靠近京城，但是帝王心思就是那樣，即使你遠在天邊，有些許的騷動都要提防。

她做這些本就是為了大宗國，所以聽從聖上旨意來了京城，把江北的勢力放鬆。如今她要嫁人，她不能嫁給朝堂上除了皇家以外的任何人，否則便有拉攏勢力之嫌，所以只能嫁江湖中人。

看來，似乎只有自己成了皇家媳婦，聖上才能對她放心嗎？

想一想，她又覺得可笑，她在朝堂上毫無勢力，聖上怎麼會犧牲皇子來控制她？隨便用個方式捏死她就如捏死一隻螻蟻般的簡單。

她是真的看不出韓初見的目的何在。

秦守七想著，揉了揉太陽穴，她已經習慣了想人時把對方的目的放在第一位。

「那個……妳三嫂……秀外惠中確實不錯哈？」

忽然傳來韓初見的聲音，秦守七微微側目，韓初見的面容有些尷尬，見她看他更是乾乾的笑了笑。

秦守七也隨他笑了笑，「確實，我三嫂出身大家，年紀與我一般，是我嫂嫂中最有涵養的一個，只可惜懷了念兒不久，我三哥便去世了，本來我也勸她再嫁，把念兒留在秦家即可，只是她一心想著三哥不願再嫁，我一直很敬重她。」

敬重？但這也不可能是她這麼聽話的理由吧？

韓初見裝模作樣的點了點頭，「原來如此，那個……念兒也很喜歡妳啊！」

秦守七聞言，又認真的看了韓初見一眼。難道他沉默著，是因為奇怪她對她三嫂和念兒的態度？

「是啊，其實我三哥是因為我的莽撞而死的，我對他們母子二人一直心有愧疚，所以一向是有求必應，對秦念也格外的好……」

即便過了那麼多年，秦守七現在向旁人提起這事仍舊會後悔不已……當年若不是自己那麼莽撞……

沒想到原因是這個。看到秦守七黯然的面容，韓初見就自覺自己的心思太齷齪了，居然懷疑她……不過他還是忍不住要吐槽一下，如果秦守七不是女人的話，估計可以愧疚的娶了這個三嫂！

「啊……對不起……」

「無妨，都是過去的事了。二皇子明日有事嗎？」

韓初見果斷的回答：「沒事！」

七郎約他，有事也要變成沒事啊！

「這京城我還不太熟悉，不知哪裡能夠賞玩，能否勞煩二皇子帶我與我三嫂在這京城中逛逛？」

雖然不是一對一有點小失望，不過出去玩可以增進感情！何況是七郎第一次約他！

「好！沒問題！這京城我最熟了！」

※◎※　※◎※　※◎※

今日本就是廟會，一大早便熱鬧非常。四人成行，一早便去逛早市，吃了京城裡的特色小吃。

走了多久，秦守七就抱了秦念多久，秦念就如一個牛皮糖般黏在了秦守七身上。

三嫂蹙眉看著黏在秦守七身上的秦念，秦念已經是五歲的孩童，重量也不輕，這都抱了一個多時辰了還不下來，若是常人早就受不住了。她對秦守七說：「守七，妳不要這麼寵他，讓他自己下來走。」

秦念向他母親吐吐舌頭，調皮的說道：「不要～我就要爹爹抱著！」他說完，還洋洋得意的摟著秦守七脖子不鬆手。

秦守七摸摸秦念的頭，無所謂的笑道：「無妨，這又不是什麼大不了的事。」

一直專心當導遊的韓初見緩下步子，站在秦守七身邊道：「七郎～這事可不小，小孩子妳不能從小就寵他，他若是習慣了依賴妳，將來如何獨自撐起一個家？現在這個年紀正是養成性格的重要時候，若是依賴人成了習慣，恐怕以後再改就難了。」

秦守七沒養過孩子，自是不懂這些，卻也覺得這話有道理，若不是她小時候爹爹就極為放縱她，也不會到現在都管不了她，看來習慣與性格都是從小養成的。

但是秦念一聽卻不樂意了，衝著韓初見叫了聲：「壞人！」便緊緊抱著秦守七的脖子不肯鬆手。

以秦守七寵秦念的程度，自然是不會硬把他放下了，一時有些為難。

韓初見看秦守七為難的樣子，笑了笑，咳了一聲，嬉笑著向小秦念湊了湊，問：「小念兒，你可喜歡你爹爹？」

秦念雖然不怎麼喜歡這個壞人，但是這個問題卻不難回答。他哼了韓初見一聲，以非常肯定的口吻回道：「當然喜歡了！我最喜歡爹爹了！」

韓初見聞言笑容更深，繼續問道：「那你長大以後想成為你爹爹這樣的人嗎？」

秦念想都未想便回道：「當然了！爹爹是我心裡的大英雄！」說著，他還崇拜的看向秦守七。

秦守七揉揉他的頭，也很欣慰的笑了笑，卻不知韓初見這番問話是為了什麼。

「那你可知道你爹爹多大就自己走路了？你爹爹自一歲多會走路開始，便沒讓人抱過，想去哪裡都靠自己的腳，你若是想成為你爹爹這樣的人，難道不應該像她一樣嗎？莫非，你將來還想讓你爹爹抱著你當英雄？你看看，前面的小丫頭都自己走路，你這個小男子漢還要讓人抱著，臉羞不羞～」

韓初見說完，伸手在秦念肉乎乎的小臉上刮了一下。

秦念眼珠轉了轉，揪揪秦守七的袖子說道：「是嗎？爹爹～」

秦守七含笑點了點頭。

秦念小嘴噘了一下，但又馬上擺出一副小男子漢的樣子說：「爹爹！我自己走！」

秦守七答了聲：「好。」便把秦念放了下來。

秦念雖然自己走了，但依舊伸手抓著秦守七的指頭，一雙烏溜溜的大眼睛到處亂看，似乎因為突然從高處下來，身邊的景色有些不一樣了，便好奇的巡視起來。

秦守七微微側頭看向韓初見，問：「這事你是怎麼知道的？」

「鎮北公告訴我的，他說妳從小天性就要強，走路走不穩也不要人抱著。七郎，妳果然從小就與眾不同。」

秦守七呵呵笑了笑，「二皇子也讓我刮目相看，應對小孩子竟也有一手。」

「這其實都是我父皇說的，母后從小對我極為愛護，恨不得凡事都替我做，時時都要我在她眼前，生怕出了絲毫差錯，於是父皇總是這麼說她，只是她一直不聽，後來養成我不善與人相處、每日待在宮裡無所事事的性子。」

韓初見說到這裡停頓了下來，看了一眼秦守七才又說道：「還好……我現在總歸變了些……」

就是因為他母后那些日子總是念叨他長不大，沒有功利心，脾氣太軟，但又仍舊事事替他做，不給他鍛鍊的機會，他才不勝其煩隨便尋了個理由堅持跑出了宮。

他本來就漫無目的，所以乾脆向著江北走，沿路對江湖俠氣很感興趣，便參進其中，沒想到真的遇到了秦守七，這才有了他現在的改變。

若是現在七郎問起他為何改變，他就可順埋成章的袒露心聲了……

心中有些激動和忐忑，他偷偷看了眼秦守七，她似乎在想著他的話。

二皇子之母乃是一國之母，對其子的疼愛她也早有耳聞，韓初見確實和她第一次見的時候不一樣了，但其中緣由似乎不該是她問的……

秦守七狀似平常的點點頭，「原來如此，看來念兒是該管教了，若不是與北狄的一戰，我恐怕現在還要讓父親操心呢，這樣確實不好。」

三嫂在一旁默默的搖頭，心道：妳現在也沒讓公公省心啊！要不然也不會讓我來了……

想到以後要調教老七規矩，三嫂默淚了。

秦守七並沒有問他，韓初見心裡說不上什麼感覺，有些失望又鬆了口氣，現在人多嘈雜，也不是說的時機……

「若是有我幫得上忙的儘管開口。」

那樣就可以和七郎琴瑟和鳴，一起教育孩子了！順理成章的多了許多相處的時間！他真是太機智了！

「如此，以後就少不了麻煩二皇子了。」雖然覺得答應下來並不合適，但秦守七卻鬼使神差的應下了。

上午逛了小半個京城，去酒樓裡吃了頓飯，休息了些許時間，四人又開始逛起來，等著看晚上的燈會。

人流愈加的擁擠，韓初見便悄悄向秦守七靠了靠，多次試圖去牽她的手，但最終都下不去手。

突然，前面不知發生了什麼事，有幾人快速向這邊走來顯得有些橫衝直撞，說不定他們會被撞散，韓初見想趁機去牽秦守七的手，秦守七卻正好彎腰把秦念抱了起來，另一隻手護住她的嫂子，韓初見伸出的手便又落空了。

本來想做些男人該做的事，卻沒想到七郎比他做得更好，大的小的都護全了，唯獨差個他……韓初見鬱悶得想剁手！自己怎麼出手這麼慢呢！

「啊！」

就在此時，一個人撞入走神的韓初見懷中，韓初見扶住那人倒向他的身子，定睛一看，居然是熟人。

「多謝……啊！二皇……二公子？」

原來是女太傅付新如。

「付太……」突然想到現在在外面不適合稱呼官名，韓初見便改口道：「新如，也來逛廟會嗎？」

當秦守七向他們這邊走來的時候正好聽到這一句。

新如？她看向那個多出來的女子，原來是那天馬場上加入他們陣營的女太傅，似乎和二皇子關係不錯……能如此稱呼，兩人的關係確實不錯。

「是啊，今日正好得空，便出來溜溜，沒想到遇到二公子。」

說話間，付新如又被人撞了一下跌向韓初見，韓初見趕忙伸手扶住她。

秦守七這時已經走了過來，脫口說道：「初見，發生了什麼事嗎？」

韓初見聽到這個稱呼呆愣了，好久好久沒有聽到七郎這麼叫他了！今天太陽從西邊升起來了嗎？

韓初見呆住了沒答話，付新如神色變了變，而後落落大方的說道：「秦七爺，真巧，妳與二公子也來這裡逛廟會。沒想到七爺久居江北，卻與二公子如此熟絡。」

故意無視她身邊的另外兩個人，這番話是在提醒她對韓初見的稱呼太過親密了嗎？剛才自己確實一時唐突，這麼叫了出來，以她和韓初見的身分，這樣稱呼確實於理不合，她與韓初見曾經相識的事如果落人話柄也不好……

秦守七笑了笑，變了稱呼：「付太傅，確實很巧。我嫂子和姪兒前來探親，便請了二公子帶我們逛一逛，妳可不要誤會。」

付新如聞言，旋即一笑，「原來如此，我怎麼會誤會，若是有下次，叫我來帶你們逛逛如何？我可比二公子了解這京城哪裡適合女子去逛。早就聽聞七爺大名，我一直都盼著能與七爺妳聊聊呢。」

本來雲裡霧裡的韓初見一聽這話，頓時清醒，心想這不是搶他機會嗎！於是，他趕忙插嘴道：「我對京城熟得很，該逛的地方一樣沒少呢！新如，我們先去前面逛逛了，改日見面再聊。」

韓初見說著就要拉秦守七走。

付新如追了上來，「二公子，既然遇到了，不如一起逛逛吧，想必七爺也覺得不差多我一個。」

語畢，付新如對上秦守七的目光，勾起一抹輕笑，似是透著一股與她較勁的寓意？

秦守七眼波閃了閃，也笑了起來，說：「既然遇到了，就一起逛逛吧。」

韓初見愣住了。這是怎麼回事？為什麼這兩個人突然相視而笑，好像很熟的樣子，要一起逛了？付新如是來砸他場子的嗎！他家七郎果然是個危險分子，這麼快又勾搭上了一個！

第九章 她（他）是我的！

香川河的堤岸燈火通明，形色各樣的彩燈綿延成燈海。四處人頭攢動，熱鬧非凡。

站在橋頭之上，更覺得平日冷清的小河有如天上銀河一般璀璨通明，各式河燈連綿不斷的漂過，匯成別具一格的盛景。

燈會在京城早就不是節日了，而是一場固定的盛會。每逢月十五，人們便會聚集在此熱鬧一番，放河燈、猜燈謎、賞花燈等等諸如此類的活動讓人應接不暇，京城的百姓對於燈會早就自有一套歡慶的方式。

付新如指著橋下的某個花燈訴說著相關的典故，京城的百姓喜歡用些古時的典故做花燈奪彩頭，每次燈會有新的花燈出來都被人爭相仿效，更有些商家把河燈做成自家店鋪的宣傳招牌，引人來光顧。

韓初見站在不引人注意的角落幽怨的看著付新如的背影，不愧是他請的公關經理啊！說起話來就是八面玲瓏、面面俱到，交際手腕高到了一種層次！自她出現，他韓初見就退居二線，成了不引人注意的多餘品。

唯有付新如回過身來說一句：「是吧？二公子？」

他才有時機附和幾句：「是是是！就是這樣，如何如何……」

但沒幾句話，付新如又繼續如主人翁一般向他的七郎、以及她的三嫂和小姪子講解京城的民俗風景。

讓他去搶話？他搶不過……

讓他趕她走？有違男子氣魄……

於是，韓初見注定默默無聞了。

內心無比幽怨的韓初見，突然被付新如點名。

「二公子，那是你那墨蘭軒的花燈吧？這次的款式更有新意了。」

墨蘭軒！韓初見此時真想上去把付新如的嘴封住！她怎麼這麼多嘴！他之前送酒給秦老

爺時都沒敢說這墨蘭軒就是他開的！

秦守七微微側目問道：「墨蘭軒是二公子開的？」

雖然她早有預料墨蘭軒和韓初見脫不了干係，只是韓初見從未向她提及，她便也裝作什麼都不知道。

付新如聞言，似是不經意般說道：「何止墨蘭軒，靜悠堂、碧月樓、入戲皆是二公子開的，二公子雖然平日裡不善與人相交，但做起買賣來可是別具一格，任旁人爭相仿效也是學不來的。」

韓初見心頭一跳：付新如！妳這個大嘴巴！

這些他都還未來得及和七郎說，如今讓七郎從付新如口中得知，今後該如何看他！

碧月樓竟然也是韓初見開的？幾年未見，韓初見的變化又何止是表面那些，看來韓初見確實與她曾經認識的那個少年不同了，又或者她其實從未真的認識過他？說起來，那些相處的日子，韓初見也從未跟她說過他自己的事，倒是她那時候自以為是得很，自以為已經把人看透了，原來她從未看透過。

想著便有些沒來由的心煩，秦守七點點頭說：「沒想到二公子還有如此本事，讓秦某刮目相看。」她說完便回身，也不再看他。

四周燈火通明，秦守七臉上的表情他看得一清二楚，雖然一如既往的平淡，但他還是注意到她眉頭微蹙了一下。

並不是他不想把這些事告訴她，只是現在時機不對，兩人還不是什麼特殊的關係，若是現在說出來，他怕她以為他氣充志驕、自視甚高、故意炫耀的，所以打算找合適的時機慢慢說。如今提前被付新如吐露出來，豈不是會被七郎以為他與她不親近，刻意隱瞞？

韓初見心焦啊！但是七郎顯然不想和他再說這事，現在人又雜，不是解釋的好時機啊！他真是進退兩難……

付新如看到兩人的變化，勾唇笑了笑，繼續指著下面的花燈娓娓而談，比剛才講得更為精采。

一旁完全感受不到身邊發生了微妙變化的小秦念拉了拉秦守七的袖子，噘著小嘴撒嬌道：「爹爹～念兒還想吃剛才的花糕～」

站在一旁的三嫂捏捏兒子的小臉，「一會兒該回去休息了，睡前吃了太多甜的點心，牙裡會長蟲子。」

秦念一心想著吃，自然不會理會娘親說的話了，一聽不讓他吃就要鬧。

秦守七摸摸他的頭，說：「爹爹去買，不過明日再吃如何？」

秦念一聽會買就好了！管他今天吃還是明天吃！連忙開心的點點頭。

秦守七正想把坐在石欄上的秦念抱下來，韓初見湊上前道：「七郎，我去買吧！妳對這裡還不算熟悉，現在人多嘈雜，找不到路就不好了。」

秦守七看看他認真的表情，點了點頭，客氣的說道：「多謝二公子。」

韓初見尷尬的笑笑，他家七郎果然又與他生疏了，彷彿退回了起點，但他也沒說什麼，轉身下了橋。

韓初見才剛走，付新如就說道：「七爺，我剛巧也有東西要買，你們先看著，我去去就回。」而後朝著韓初見離開的路走了。

目光循著兩人離去的方向，秦守七蹙了眉頭。

※◎※　※◎※　※◎※

在付新如心中，她早就認定自己會是未來的二皇子妃，當初她斗膽上殿獻藝就從未想過讓自己平凡下去。只不過她沒想到二皇子會看中她，把她收在麾下，不斷提拔她。二皇子雖然不及大皇子的鋒芒，但也是識才之人。如今的皇室早就不似曾經一般，即使大皇子繼位，她跟了二皇子也不會受半分不平，更何況嫁給皇家人本就是殊榮。

雖然二皇子一直對她進退有禮，但也未見他和哪個女子親近過，她只當他不善與人相處，放眼整個京城唯獨自己與他最為親近，他對她有好感自是顯而易見的事，成為二皇子妃指日可待。

而如今，她怎麼也沒想過會突然出現個秦守七，這讓她曾經的想法顯得可笑至極，根本就是在自作多情！

自秦守七入了城，二皇子再也不似從前穩當，眼中心中都視秦守七為第一位，能放下的事便統統放下，只圍著她一人轉。這一切，她一直看在眼裡。原來他獨善其身、不沾染情事，是因為心裡有這麼一個人。

雖然不知道他們有什麼過往，但眼前看來也並未有兩情相悅的苗頭。無論如何她都會把二皇子搶回來，不會讓之前的努力付之東流！

韓初見買完花糕，還沒向回走多遠便被跟來的付新如攔住，當即不耐的皺起眉頭。會說話了不起嗎！七郎從來就沒有用讚賞的目光看過他！這回倒是全被付新如搶了風頭，這個白眼狼！居然比他還殷勤搶他的功勞！虧他平日裡待她這麼好了！

想想七郎有吸引女人這麼一個特性，難不成自上次狩獵見過以後，付新如也對他家七郎一見傾心了？這京城裡最近就流行他家七郎這種類型的，英氣颯爽帶點冰冷的氣質，以前就祝義這麼一個，如今多了一個七郎，雖然他家七郎是女人吧，但是在京城裡磨鏡（注：古代女同性戀的稱呼）也不是沒有……

想到此，韓初見看著付新如的目光帶了幾分戒備。

付新如感受到他的目光，心中閃過一絲怔痛，他從前一直很信任她的，如今卻因為她多說了那麼幾句話就開始戒備她！

付新如調整一下表情，愧疚的說道：「二公子可是埋怨我剛才話太多了？我以為二公子和秦七爺是舊交，說說無妨的，沒想到你並不想讓她知道，都是新如的錯，公子若是怪罪就罰新如吧。」

原本以為她是來耀武揚威之類的，沒想到卻是向他認錯，韓初見便也不好和她火氣太大，說：「我不是不想讓她知道，只是這事我不想讓妳一個外人替我說，該讓她知道的時候我自會說！」

他覺得自己的口氣夠好了，沒想到付新如聽了以後卻一副受傷的樣子。

韓初見咳了一聲：「算了……事已至此，我也不怪妳了，妳以後還是不要和七郎走得太近……」

韓初見點點頭，心想：嗯！即使現在付新如表現得不像喜歡七郎，但是也要預防萬一！

我要杜絕一切不安因素！付新如這個女人本來就眼界高，沒見她正眼瞧過哪個男人，難保就是個……

原來在二皇子心裡她一直是個外人？！這次她真是長見識了！

認知到這個真相，付新如一向高傲的心被挫了個粉碎，她自認無論才貌自己都是一等一的，絕不輸任何人，如今卻比不上一個男不男、女不女的妖人分毫？而二皇子居然還防範她靠那個妖人太近？可笑至極！

看著韓初見冷漠的臉，她的心就愈加憤恨，想要質問他自己哪裡比不上那個妖人！難道她一向恪守禮教、潔身自好，做足了女子該有的姿態，為了他更是要隱忍那些色老頭的輕薄，便更不如那個不懂禮義廉恥的妖人？壓下自己原有的品行，卻沒想到更讓他視而不見？還有比這還悲戚的嗎？

付新如一把拉住欲要先行的韓初見，將他拖進一旁的小巷。

韓初見被她突如其來的氣勢唬住了，有些搞不清狀況。

付新如猛地抬頭，一雙銳利的眸子盯著他，「二皇子！我在你心裡一直只是個外人嗎？你就從未正眼瞧過我？我為你做了這麼多，你難道一直以為是理所當然的？難道你就從未看到過我的心意嗎？」

看著韓初見目瞪口呆、一副不可思議的面容，付新如心中便後悔了，自己竟一時衝動沒有壓制好情緒說了出來，只是說出去的話就如潑出去的水，已是覆水難收，她再收回豈不是更丟面子？

付新如不甘心的繼續問道：「二皇子，你難道就對我沒有一絲絲的感情嗎？」

韓初見依舊目瞪口呆，顯然是從來沒感覺到……

付新如真是恨死他這副表情了，一時間就拋下那些禮義廉恥湊上去要強吻韓初見，她不信他從未對她動過心！

韓初見走後不久，秦念就昏昏欲睡。秦念平日裡都會午睡，今日折騰了一天，他現在睏了是自然的事。如此，秦守七便找來影衛送三嫂和小姪子先回去，而她則自己一個人去找韓初見。

秦守七記路一向不差，自然能夠記得賣花糕的攤位在哪裡，但怕韓初見買完了已經向回走，使兩人走岔，便仔細的查看周圍的人。

當她在巷口裡找到韓初見的時候，便很巧的看到了這一幕。

其實她剛才就覺得這兩人的關係不一般，僅僅第二次見面，付新如就很熟絡的為他們講解人土風情，期間還與韓初見一唱一和，韓初見說不上來的時候，她便會自然而然的替他接上話，兩人顯得配合默契。而且她三言兩語便表現出了對韓初見的熟悉，足以見得兩人一直交往甚密。

如今看到這一幕，秦守七真不知該做何感想了。

韓初見一直猶如懷著某種目的靠近她，但其實她不反感他的靠近，韓初見總能帶給她新的感受，因此她也有些期待後面的發展。

怎麼說呢？

就好像突然發現有趣的事，這件有趣的事卻不受自己的控制漸行漸遠，似乎要從她手中流失了。可又好像其實她從未掌控過，它只是浮光掠影，僅是到她眼前挑逗一番。又或許是她本來隱隱有種期待，但這期待突然被人扼殺了……

這種感覺讓秦守七心裡很不舒服。

她正要轉身離去，腳還未動，便傳來韓初見的怒喝聲。

「付新如！妳做什麼！」

韓初見怒吼完，推開了對方的身子。付新如又想湊上去。

秦守七瞧出了韓初見的不樂意，便大步流星走上去，開口便道：「二公子買個花糕都需要這麼久嗎？」

她聲音很大，但不會顯得太突兀，成功的吸引了兩個人的注意。

秦守七走到韓初見身邊，伸手似是去拿他手裡的花糕，但實際上抓住了他的手指，順勢拉著他使他退了幾步，秦守七自己便隔在他們兩人之間，面上卻不動聲色。

「我嫂嫂與姪兒都先回去了，二公子需要秦某送回去嗎？」

韓初見又目瞪口呆了……七郎為什麼非要在這個時候出現！但是……看她表情又好像沒有情人間吃味的感覺，彷彿並不把剛才的事放在眼裡。韓初見心裡有點委屈，虧他剛才要被強吻時還懷著一顆為她守身如玉的忠貞心……結果人家根本就不在乎，還趕他回宮！

他像是沒有她就回不了宮的小孩子嗎？要不是為了和她單獨相處，他也不用她次次送他回宮……難道她非要這樣總把他當皇子看待嗎！

他脫口而出：「不了，我自己回去。」

秦守七聞言，有點意想不到，面上一僵，抓住紙袋的手緊了緊，她真是多此一舉……

「那秦某先告辭了。」說完，她頭也不回的離去。

韓初見看著她顯得有些氣惱、極速走掉的身影，突然有點醒悟了——七郎剛才是想替他解圍嗎？似乎是有將他護在身後的動作……

「啊！七郎！妳等等我！」

直到衝出人群到了人煙稀少的地方，韓初見才追上秦守七。

「七郎！」

秦守七回過身問：「怎麼？二皇子又改變主意了？」

話脫口而出，帶點自己都沒想到的酸味，但是再後悔就來不及了，秦守七前所未有的不舒服！

韓初見怔了怔。他幻聽了嗎？剛才七郎的口氣好像有點……醋意？不可能！一定是夜風太大閃了耳朵！

「剛才……那個……我不是故意的……」他只顧著追上來，但是說詞完全沒想好，現在坦白心意？是好時機嗎？

秦守七聽到「剛才」二字，腦中便浮現他與付新如，心裡的不舒服又開始擴張了。

韓初見支支吾吾不知道在說些什麼，她一點也聽不懂他想表達的意思，只覺得越來越煩躁，就見他殷紅的脣瓣一張一合，特別引人注意……

秦守七上前堵住了他的嘴，將他支支吾吾聒噪的話語盡數止於口中。

她的氣息突然撲面而來，讓前一刻還想著說詞的韓初見措手不及，心想七郎總是如此的出其不意……

脣抵舌繞是抵擋不住的豪奪，就連秦守七都沒意識到自己有些過激的行徑，只覺得占有對方才是內心真正的想法。

一吻終了，脣上有淡淡的血腥味，已經分不出是他還是她。

「二皇子還是如此，任人豪強掠奪。」語畢，她人已消失。

韓初見用一指摸了下脣上的血腥，彷彿還在雲裡霧裡。

——七郎是什麼意思？

韓初見苦思冥想，七郎臨走時的那句話是什麼意思？他思來想去，不得其解。

《七爺座下01他的帥氣娘子》完

敬請期待《七爺座下02》精采完結篇！

七爺座下01
你今天壁咚了嗎？
主子，聽說今年流行壁咚呢～
興奮
興奮
冬天還沒到，為什麼要避冬？
七爺vs.羞澀少女
咚
討厭啦～
不是啦！主子，您看！
啊咧
七爺vs.清秀小廝
咚
唔！
還有，這也算壁咚！
啊咧咧咧
七爺～
選我～選我～
好帥～
呀～
走開！！她是我的！
碰！
唉唷
咚！
主子、您也咚了……
By蘇妙

七爺座下01
二皇子的進擊！
唔～七郎呢？
皇子超萌！
哈啊哈啊
嬌羞可愛的美女男皇子
這次換我主動出擊（壁咚）！
哼哼～
我可是貨真價實的爺兒們呢！(`ω´)
握拳
皇子vs.七爺
嗯？怎麼了？我臉上有髒東西嗎？
第一戰：勝者 七爺
太帥忘記咚Part.1
皇子vs.七爺
你餓了嗎？給你。
第二戰：勝者 七爺
太帥忘記咚Part.2
任務 恭喜二皇子壁咚成功！
拉下
唔只是好像有哪邊怪怪的？
咚
被七爺的男性賀爾蒙（錯）給收服了！
By韓初見

殭屍王妃
NOVEL
偽裝的魚
水々
ILLUST
末世殭屍貓娘 x 抖S美人王爺
喵～～貓娘「嫁」到！

novel M.貓子
illust 麻先みち
全套六集，全國各大書店、網路書店、租書店，持續熱賣中！
我家門前有狐仙
家教狐仙扮神探
愛與正義的狐仙
狐仙愛的京都畫遊
純情女友俏狐仙
狐仙幸福俏狐仙
松雅記事 系列
動物或妖怪報恩的故事，大家都耳熟能詳，
但是……「幫狐仙報恩」是哪招？
當冷面毒舌店長 遇上 天然純(蠢)真小狐仙
人類與狐仙纏綿悱惻的愛戀……
——不、不對！是人類被狐仙拐騙當助手當男傭當飼主啊啊啊！(╬￣皿￣)
典藏閣
華文聯合出版平台
www.book4u.com.tw
采舍國際
www.silkbook.com
不思議工作室_
立即搜尋
版權所有© Copyright 2015

飛小說系列 133

七爺座下 01

他的帥氣娘子

出版者■典藏閣
作　者■焓淇　繪　者■梓攸
總編輯■歐綾纖
製作團隊■不思議工作室

郵撥帳號■50017206 采舍國際有限公司（郵撥購買，請另付一成郵資）
台灣出版中心■新北市中和區中山路 2 段 366 巷 10 號 10 樓
電　話■(02) 2248-7896　傳　真■(02) 2248-7758
物流中心■新北市中和區中山路 2 段 366 巷 10 號 3 樓
電　話■(02) 8245-8786　傳　真■(02) 8245-8718
ISBN■978-986-271-615-1
出版日期■2015 年 7 月

全球華文國際市場總代理／采舍國際
地　址■新北市中和區中山路 2 段 366 巷 10 號 3 樓
電　話■(02) 8245-8786　傳　真■(02) 8245-8718

新絲路網路書店
地　址■新北市中和區中山路 2 段 366 巷 10 號 10 樓
網　址■www.silkbook.com
電　話■(02) 8245-9896
傳　真■(02) 8245-8819

☞您在什麼地方購買本書？☜

1. 便利商店（______市／縣）：□7-11　□全家　□萊爾富　□其他__________

2. 網路書店：□新絲路　□博客來　□金石堂　□其他________

3. 書店（______市／縣）：□金石堂　□蛙蛙書店　□安利美特animate　□其他____

姓名：________ 地址：______________________________

聯絡電話：________ 電子郵箱：__________________________

您的性別：□男　□女　　　您的生日：________年________月________日

（請務必填妥基本資料，以利贈品寄送）

您的職業：□上班族　□學生　□服務業　□軍警公教　□資訊業　□娛樂相關產業
□自由業　□其他__________

您的學歷：□高中（含高中以下）　□專科、大學　□研究所以上

☞購買前☜

您從何處得知本書：□逛書店　□網路廣告（網站：__________）　□親友介紹
（可複選）　□出版書訊　□銷售人員推薦　□其他______________

本書吸引您的原因：□書名很好　□封面精美　□書腰文字　□封底文字　□欣賞作家
（可複選）　□喜歡畫家　□價格合理　□題材有趣　□廣告印象深刻
□其他______________

☞購買後☜

您滿意的部份：□書名　□封面　□故事內容　□版面編排　□價格　□贈品
（可複選）　□其他

不滿意的部份：□書名　□封面　□故事內容　□版面編排　□價格　□贈品
（可複選）　□其他

您對本書以及典藏閣的建議______________________________

____

____

✌未來您是否願意收到相關書訊？□是　□否

✎感謝您寶貴的意見✎

印刷品

$3.5
請貼
3.5元
郵票
不思議信箱
FUSIGI POST

235 新北市中和區中山路二段366巷10號10樓

華文網出版集團 收

（典藏閣－不思議工作室）

七爺座下01

他的帥氣娘子

焓淇 著
梓攸 繪